KB045867

이세계에서 스킬을 해체했더니
치트급 아내가 8
증식했습니다
개념 교차의 스트럭처

레티시아가 인사하는 모습을 본 '가고일'의 움직임이, 딱 멈춰버렸다. 일제히 땅에 내려와서 한 줄로 섰다. 이어서 '이것 참 정중하시기도 하군요'라는 느낌으로, 가고일들이 고개를 숙였다.

"발동!
『강제 예절
(마나 기아스)
LV1』!!"

『강제 예절 LV1』
이쪽이 예의 바르게 대해서 상대에게도 예의를 강요하는 스킬. 스킬을 발동하면서 인사를 하면, 상대는 똑바로 줄을 서서 예를 갖출 수밖에 없다.

이세계에서 스킬을 해체했더니 치트급 아내가 증식했습니다

개념 교차의 스트럭처

8

센게츠 사카키 지음 | 토자이 일러스트

Contents

제1화 「이 세계의 우리 집으로 돌아왔더니, 집 앞에서 친구가 기다리고 있었다」

"""""드디어 도착했다——!!"""" "시, 실례하겠지 말입니다."

옛 전장을 정화한 지 며칠 뒤, 우리는 항구도시 이르가파에 있는 집으로 돌아왔다.

이 도시를 떠나 있었던 건 겨우 2주도 안 되는 기간이었는데, 왠지 그립다는 기분이 들었다. 어느샌가 이 집이 완전히 우리 집이 된 것 같다.

"다녀오셨습니까. 나기 씨, 여러분."

집 문 앞에서는 레티시아가 우리를 기다리고 있었다.

파란 머리카락을 바닷바람에 휘날리면서, 쑥스러워하는 얼굴로 손을 흔들었다.

레티시아와 만나는 것도 오랜만이다.

내가 레티시아와 처음 만났던 건, 나와 세실 둘만의 파티에 리타가 들어온 직후였다. 상업 도시 메테칼에서 '귀족 길드'와 '서민 길드'를 둘러싼 사건이 있었고, 아이네가 거기에 말려들었다. 그때 아이네를 구하기 위해서 움직인 사람이 레티시아였다.

그 뒤에 항구도시 이르가파까지 오는 도중에 일단 헤어졌었지.

원래 이 저택은 레티시아가 가족으로부터 물려받은 것이었고, 메테칼에서 일어났던 사건 이후에 보수 명목으로 우리에게 줬다. 덕분에 이렇게 살 곳이 생겼다. 사원여행을 갔다가 '역시 우리 집이 최고야~' 같은 말을 할 수 있다.

정말로, 레티시아한테는 크게 감사해야겠지.

"오랜만이야. 만나서 반가워 레티시아."

나는 레티시아에게 고개를 숙였다.

세실, 리타, 커틀러스도 날 따라 했고.

"그, 그렇게까지 하면 곤란해요! 갑자기 뭐 하는 겁니까?!"

"아니, 레티시아한테는 항상 신세를 지고 있구나~ 싶어서."

"신경 쓸 필요 없습니다."

레티시아는 허리에 찬 칼을 쩔렁이면서 날 쳐다봤다.

"저는 당신과 아이네의 친구니까요. 제가 당신들을 돕는 건 당연한 일이 아닌가요?"

"고마워. 물론 나도 레티시아가 위험할 때는 언제든지 도와줄 생각이야."

"그렇게 말해주니까 기쁘군요. 그런데——"

레티시아는 커틀러스 쪽을 봤다.

"당신이 새로 동료가 된, 기사 후보생이었던 분이군요?"

"그, 그렇지 말입니다."

커틀러스가 긴장한 얼굴로 대답했다.

"소개할게. 이쪽은 커틀러스 뮤트란. 우리 파티의 일원이야. 이런저런 사정이 있어서 '주종계약'을 하기는 했지만……."

"알고 있습니다. 나기 씨에게 있어 소중한, 파티 멤버겠지요."

레티시아는 딱딱한 말투로,

"사정은 알고 있지만…… 물어보지 않는 게 좋겠죠?"

"그러고 보니까 레티시아도, 커틀러스의 혈연에 대해서 알고 있었지.”

지난번 사건에서 은퇴기사 가른가라를 붙잡았을 때, 그 녀석의 짐에서 '국왕으로부터. 딸을 맡긴다'라는 서류가 나왔다. 그걸 아이네와 이리스, 라필리아가 발견했을 때, 레티시아도 같이 있었다.

그래서 레티시아도 커틀러스가 왕가의 숨겨진 자식이라는 사실을 알고 있는데…….

“저는 커틀러스 뮤트란. 주인님의 노예입니다.”

커틀러스는 레티시아를 보면서 순진하게 웃어 보였다.

“그게 지금의 제 전부지 말입니다. 그러니까 레티시아 님이 주공의 친구분이시라면, 제게도 주공이나 마찬가지지 말입니다.”

“그렇게 말해도 곤란하군요. 어떻게 하면 좋을까요?!”

“음~ 그럼, 커틀러스랑 레티시아도 친구가 되면 어떨까?”

내가 말했다.

“레티시아는 신분 같은 걸 그다지 신경 쓰지 않으니까. 그러니까 커틀러스랑도 대등한 친구가 되면 좋지 않을까. 커틀러스도 그게 좋지?”

“세상에! 귀족분과 대등한 친구라니, 말도 안 되지 말입니다.”

“제가 할 말입니다!”

레티시아도 큰 소리로 말했다.

흥분한 건지, 한참 동안 거칠게 숨을 쉬기는 했지만, 레티시아는──

“……뭐, 나기 씨와 그 동료들한테 상식이 통하지 않는 건, 어제오늘 일이 아니었지요."

어흠, 하고 헛기침을 하고, 커틀러스에게 손을 내밀었다.

"비밀은 지키겠습니다. 제게 당신은 나기 씨의 동료입니다. 그러니까…… 친구가 되도록 하죠. 커틀러스 양."

"저, 저야말로 잘 부탁드리지 말입니다!"

레티시아와 커틀러스가 악수했다.

다행이다. 둘 다 친해질 수 있을 것 같네. 뭐, 레티시아라면 걱정 안 해도 될 것 같았지만.

"……그러고 보니, 제가, 나기 씨에게 물어볼 게 있었습니다."

레티시아는 심호흡을 하고, 나한테 물었다.

"나기 씨, 당분간 뭔가 예정이 있나요?"

"……예정이라."

이르가파 영주님과, 휴양지에서 만든 '지도'에 대해서 회의를 해야 한다.

그리고 '해룡 케르카톨'에게 '천룡의 유생체(시로)'를 내가 거뒀다는 사실도 말해두고 싶고. 시로를 잘 키우는 방법 같은 걸 가르쳐 줄지도 모르니까.

가장 중요한 것인데, '이세계로 가는 문을 여는 스크롤'의 나머지 절반이 어디에 있는지.

그 스크롤을 완전하게 복원하면, '내방자'를 원래 세계로 돌려보낼 수 있다. 쓸데없는 싸움을 안 해도 되고, 나쁜 귀족의 힘을 줄여버릴 수도 있으니까.

──하지만, 서두를 필요는 없겠지.

"당분간은 없는데."

"그렇다면 제 호위를 부탁드려도 될까요."

레티시아는 가슴에 손을 대고 우리에게 고개를 숙였다.

"이번에 제가 항구도시 이르가파에 온 것은 '차기 영주 소개 파티'에 출석하기 위해서입니다. 파티에는 제3 왕녀 클로디아 님도 출석한다고 하더군요. 거기서 저는 미르페 자작 가문의 대리인으로서 인사를 할 예정입니다."

"그거 대단하네."

평소에는 거의 의식하지 않았지만, 레티시아는 역시 귀족이구나.

"'자애로운 클로디아 공주'는 왕가분들 중에서도 훌륭한 분으로 알려져 있습니다."

레티시아는 뭔가 사정을 알고 있다는 것 같은 얼굴로 고개를 끄덕였다.

"마물에게 공격받은 마을에 병사를 보내기도 하고, 다친 사람들을 격려하기도 하시고. 정말 상냥한 분이십니다. 그 인격은 귀족들도 흠모할 정도죠."

"나도 '이투르나 교단'에 있을 때 소문을 들은 적이 있어."

리타가 내 옆에서 말했다.

"가끔 교단에 기부도 한다고 했어. 사교님이 감사장을 건넨 적이 있을 정도라던가."

"대단해…… 레티시아 님은, 그런 분과 직접 이야기를 하시는 건가요……."

세실도 눈이 휘둥그레졌다.

"예, 저도 긴장이 됩니다."

레티시아는 어깨를 으쓱거렸다.

"커틀러스 양도 클로디아 공주님에 대해서는 알고 계시죠?"

"아, 예."

커틀러스는 끄덕끄덕끄덕, 고개를 끄덕였다.

"훌륭한 분이시니까, 레티시아 공이 긴장하는 것도 정말 이해가 되지 말입니다. 파티가 끝난 뒤에 어떤 분이셨는지 이야기를 들려주셨으면 싶지 말입니다."

"예, 물론입니다. 사실 저는…… 제가 원해서 클로디아 공주님을 만나고 싶은 건 아니지만."

레티시아는 곤란하다는 것처럼 고개를 갸웃거렸다.

"사실 이건 제 아버지의 역할이었습니다. 하지만 '마음대로 살고 싶다면 자작 가문의 딸로서 할 일을 해라'는 이유로 떠맡겼습니다. 이런 의례적인 일은 싫어하는데."

레티시아는 '귀족은 백성을 지키는 자'라는 신념에 따라 정의로운 귀족을 목표로 삼고 있다.

그래서 그런 의례라든지 입장 같은 것들과 관계된 일들을 싫어한다고 했었지.

"그런 이유로, 파티가 끝날 때까지, 저는 숙녀가 되어야만 합니다."

"숙녀…… 그러니까, 귀족 아가씨답게 굴어야 한다는 거야?"

"어울리지 않는다는 건 알고 있습니다."

레티시아는 집게손가락으로 콕, 내 이마를 찔렀다.

"솔직히 말이야, 난 레티시아의 그런 모습을 본 적이 없거든."

같이 여행하던 때는 계속 무장한 상태였고.

숙소에서도 세실이나 리타처럼 평상복을 입고 있었으니까.

"레티시아가 늠름하게 싸우는 모습이라면, 당장 떠올릴 수 있지만."

"실례로군요. 나기 씨, 저도 사교계에 출석하기도 합니다만?"

"그랬어?"

"그랬습니다."

"그럼 우리랑 헤어진 뒤에는 어떻게 지냈어?"

"메테칼로 돌아가는 중에 만난 캐러밴이 고블린한테 습격당해서 호위를── 잠깐, 왜 그렇게 상냥한 눈으로 보고 있는 겁니까?!"

""그~냥~.""

우리는 미리 짠 것도 아닌데 동시에 똑같은 말을 했다.

역시 레티시아 맞네. 곤란해하는 사람을 보면 그냥 넘어가지 못하는 '정의의 귀족'이 목표인 소녀, 레티시아 미르페. 나도 세실도 리타도 아이네도, 그런 점을 좋아하는 거니까.

"……제가 귀족 아가씨답지 못한 건 저도 잘 알고 있습니다."

메롱~ 하고 혀를 내미는 레티시아.

그리고는 어흠, 하고 헛기침을 했다.

"그렇기 때문에 호위를 부탁드리고 싶습니다. 파티에 갈 때까지, 제가 숙녀로서 있을 수 있도록."

"한마디로 감시를 해달라는 얘기야?"

"그런 느낌이겠죠."

"레티시아는 곤경에 처한 사람을 보면 자기도 모르게 돕게 된다. 하지만 이번에는 중요한 일을 앞두고 있으니까 숙녀로 있고 싶다. 그래서 문제에 휘말리지 않게 우리가 도와주면 된다는 얘기지."

"자기도 모르게 싸우고 마물의 피를 뒤집어쓴 상태로 공주 전하 앞에 나설 수는 없으니까."

레티시아가 고개를 끄덕였다.

"그러니까, 제가 싸우러 뛰쳐나가지 않도록 감시해 주세요."

"알았어. 할게."

그 정도야 대단한 일도 아니니까.

그냥 평범하게 레티시아랑 있으면 되는 거잖아.

"정말 고맙습니다. 그런데, 보수는 어떻게 할까요?"

"레티시아한테는 받으면 안 되겠지."

솔직히 집을 준 것만으로도 충분하고도 남으니까.

기본적으로 무료고, 다른 동료들이 일한 대가는 내가 지불하고 있지만.

"그러면 제가 곤란합니다!!"

레티시아는 불만인 것 같다.

하지만 그렇게 대단한 의뢰도 아니니까 말이야. 레티시아랑 같이 있으면 나도 좋고. 그건 우리가 하고 싶은 일이기도 하니까, 그렇게 되면 어디까지가 사생활이고 어디까지가 일인지, 솔직히 말해서 구분할 수가 없으니까.

"그리고 레티시아한테는 이것저것 많이 받았고, 신세도 많이 졌고, 게다가 이번에도 레티시아가 은퇴기사 씨를 붙잡아준 덕분에 우리도 정보를 얻었고."

"그건 결과론 아닙니까?"

"결과론이라도, 그런 거야."

"크으윽……."

"으으음……."

이마가 닿을락 말락 하는 거리에서 눈싸움일 벌이는 나와 레티시아.

"일단 집에 들어가서 얘기하는 게 좋을 것 같다고 생각해."

목소리가 들려왔다.

고개를 돌려보니, 영주 저택으로 가는 길에 메이드복 차림의 아이네가 서 있었다.

식재료가 들어 있는 자루를 품에 안고서.

"다녀오셨어요, 나 군. 그리고——"

아이네는 레티시아 쪽을 보면서 상냥하게 미소를 지으며,

"오랜만이야, 레티시아."

"정말 오랜만이야! 아이네!"

이렇게 해서 소꿉친구 두 사람이 오랜만에 다시 만났다.

"그렇구나, 레티시아한테서 보수…… 그건 어려운 문제야."

거실에서 차를 끓이면서, 아이네가 말했다.

여기 있는 사람은 나와 아이네, 레티시아.

세실은 긴 여행 때문에 피곤해서 쉬는 중. 리타는 커틀러스의 방 정리를 도와주고 있다.

"이 저택은 레티시아한테 받은 거니까, 나 군이 더이상 보수를 받을 수 없다고 하는 생각도 이해가 돼. 하지만 '정의의 귀족'이 되려고 하는 레티시아가 친구한테 일을 부탁하고 보수를 주지 않는…… 것도 어려운 일이네."

아이네는 내 앞에 찻잔을 내려놓으면서 고개를 끄덕였다.

"레티시아는 정말 의리가 있는 성격이니까."

"그렇게 대단한 것도 아닙니다."

"그럼 물어볼게. '기사 고스트'랑 싸웠을 때, 레티시아는 왜 캐러밴을 호위했어? 자작 가문 여자애가 캐러밴 호위라니, 보통은 안 하잖아?"

"……어쩌다 보니."

"'어쩌다?'"

"예전에 여행할 때 신세를 졌던 캐러밴이, 급하게 이곳까지 운반해야 하는 짐이 있다는 이야기를 들었는데…… 호위를 부탁할 사람이 없어서 곤란해하고 있었습니다. 그래서, 저도 여기까지 올 예정이었으니까, 호위를 맡아도 되겠지, 하고."

"'역시나…….'"

"그래서, 제가 귀족답지 않다는 건 알고 있습니다!"

"아냐. 내가 보기에 레티시아는 최고의 귀족이야."

진심으로 그렇게 생각했다.

다른 귀족들이 전부 레티시아 같았다면, 이 세상은 훨씬 평화

로울 텐데 말이야.

"응. 호위 보수가 생각났어."

"예. 뭐든지 말만 하세요."

"이 나라를 움직일 정도로, 대단한 사람이 돼주면 안 될까? 재상이나 대신 같은."

"갑자기 엄청나게 말도 안 되는 소리를 하는군요!"

"아니 뭐, 그렇게 됐으면 좋겠다는 얘기야."

"쉽게 말하지 말아주세요. 그게 가능할 리가 없잖습니까?!"

레티시아는 평상복 가슴에 손을 얹고, 숨을 거칠게 쉬었다.

"정말이지…… 어째서 그런 생각을 한 겁니까?"

"이유는 있어."

일단 레티시아가 정의의 귀족이라는 점.

레티시아는 언데드 무리를 앞에 두고도, 한 발짝도 물러나지 않았다. 사람들을 지키기 위해서 싸웠다.

이 나라의 높은 곳에는, 그런 정의감 있는 사람이 필요하다.

레티시아는 귀족이면서 메테칼의 '서민 길드'에 소속돼 있었다.

보통 사람들을 위한 퀘스트도 맡는 이상한 사람이라고, 메테칼에서는 그럭저럭 이름이 알려져 있고. 그래서 보통 사람들한테도 인지도가 있다.

마지막으로 우리가 가진 치트 스킬이라면, 아무도 모르게 레티시아를 도와줄 수 있다. 높은 사람이 된 레티시아의 문제를 조금이나마 줄여줄 수 있겠지.

"……의외로 현실적이지만, 거절하겠습니다."

"역시?"

"왕궁에 갇히는 건 싫습니다."

그렇게 말하고, 레티시아는 씩, 웃었다.

"알면서 하신 얘기죠? 보수 얘기를 은근슬쩍 넘어가려고?"

"……눈치챘어?"

"당연하죠. 커틀러스 양 일도 알고 있으면서, '나라의 높은 사람이 돼라'라는 말을 할 리가 없으니까요."

쳇, 다 들켰네.

레티시아한테는 신세를 너무 많이 졌으니까, 보수 같은 건 요구하고 싶지 않았다.

그래서 말도 안 되는 소리를 해서 없었던 일로 만들어 버리려고 했는데.

"그렇다면, 서로 애칭으로 부르는 건 어떨까?"

갑자기 아이네가 탓, 하고 손뼉을 쳤다.

"애칭, 말인가요?"

레티시아는 이상하다는 것처럼, 아이네의 얼굴을 보고 있다.

"나 군은 레티시아를 이름으로 부르고, 레티시아는 '나기 씨'잖아? 하지만, 친구니까, 좀 더 친근한 이름으로 부르는 게 좋을 것 같아. 예를 들자면……."

아이네는 뭔가를 생각하는 것처럼, 손가락을 입술에 대고서.

"'레티아'라는 건, 어때?"

"그, 그건 어머님이 부르셨던, 제 아명입니다."

"그러니까 좋잖아."

아이네는 여전히 온화한 미소를 지으며.

"보수로 숨겨진 이름을 준다. 친구들 사이의 보수로 딱 좋을 것 같아."

"……으으."

레티시아는 원망스럽다는 표정으로 아이네를 쳐다봤다.

"조, 좋습니다. 저를 '레티아'라고 부르세요."

"레티아, 말투가 딱딱해."

"좋아. 날 레티아라고 불러, 나기 씨!"

"조금만 더, 힘내, 레티시아."

"레티아라고 불러줘! 나기 군!"

"으, 응. 레티아."

"……." "……."

나와 레티시아—— 아니, 레티아는 정면으로 마주 봤다.

그리고는 동시에 홱, 하고 고개를 돌렸다.

""안 되겠어!!""

"에~."

아이네는 입술을 삐죽 내밀었다.

하지만 무리야. 이거. 무지무지 창피해.

"아, 그리고 보니까 레티시아한테 부탁할 게 있었는데."

"먼저 말하세요!!"

야단맞았다.

처음부터 그쪽을 보수로 할 걸 그랬네…….

그 뒤에 나는 레티시아에게 '하얀 길드'에 대해서 얘기했다.

레티시아와 헤어진 뒤에 이리스가 '가짜 마족'한테 습격 당한 일. 그 뒤에 일어난 '해룡 축제'에서 일어난 일에도 '하얀 길드'와 귀족 영애가 관여했던 일.

그리고 '차기 영주 소개 파티'에, 많은 귀족이 모인다.

그래서 그 길드가 파티에서 무슨 짓을 저지를지도 모른다는 얘기도 했다.

"그렇군요…… 지금까지 그런 일들이 있었습니까."

이야기를 다 들은 뒤에, 레티시아는 진지한 얼굴로 고개를 끄덕였다.

"그래서 나기 씨는 '차기 영주 소개 파티'가 마음에 걸린다는 얘기군요?"

"응. 그러니까 조사를 위해서, 레티시아가 파티 멤버 중에 한 사람을 데리고 가줬으면 싶어. 나도 이리스한테 부탁해서, 다른 입구로 들어갈 생각이지만——"

"귀족을 가까이에서 관찰하려면 제 곁에 있는 게 좋다는, 그런 얘기군요."

역시 레티시아야, 이해가 빠르다니까.

"알겠습니다. 그 건은 받아들이겠습니다."

"잘됐네. 고마워."

레티시아는 결국, 지금까지 있었던 사건에 대해서 자세히 물어보지 않았다.

"커틀러스 양 일 하나로 충분합니다. 더이상, 중대한 비밀을 알게 되면, 심장이 멎어버릴지도 모르니까요."

레티시아는 웃으면서 그렇게 말하고, 고개를 저을 뿐이었다.

"전설급 일들은 제 담당이 아닙니다. 그런 것들에게 인정받은 건 나기 씨고, 제가 아니니까요."

"그런가."

"그렇습니다."

"하지만 뭐, 다 같이 이야기하는 중에 슬쩍 튀어나올 때도 있으니까."

"기껏 멋지게 마무리했는데, 그런 소리는 하지 말아주셨으면 싶군요!"

하지만 우리 파티는 전부, 레티시아를 동료라고 생각하고 있거든.

어쩌다 깜박…… 하는 일도 있을 수 있으니까. 주의는 하겠지만.

그 뒤에 우리는 레티시아 것까지 포함해서 방을 배정했다.

나, 레기

세실, 리타(쉬는 중)

아이네, 레티시아

이리스, 라필리아(영주 저택에 잠복 중)

커틀러스(핀)

기본적으로는 2인 1실이고, 거실은 우리 모두의 공유 공간으로 삼기로 했다.

여행에서 돌아온 날이니까. 오늘은 일찍 자자.

그날 밤──

"주공, 잠시 괜찮겠습니까?"

문 두드리는 소리가 났고, 문을 열었더니 커틀러스가 복도에서 있었다.

"무슨 일이야, 이런 늦은 시간에."

"부탁이 있어서 이렇게 찾아왔습니다. 저를, 레티시아 님의 시종으로 삼아주셨으면 싶습니다."

"시종…… '이르가파 차기 영주 소개 파티'에서?"

"그렇지 말입니다."

"괜찮긴 한데, 왜?"

"보고 싶은 사람이, 있지 말입니다."

커틀러스는 손으로 가슴을 누르며, 살짝 떨리는 목소리로, 날 똑바로 보면서.

"클로디아 공주 전하를…… 절반이지만 피가 섞인 자매를, 저는, 보고 싶지 말입니다."

제2화 「커틀러스 뮤트란의 『남자아이 스위치』와 『여자아이 스위치』」

"알았어. 안에 들어와서 천천히 얘기하자."

나는 커틀러스한테 방에 들어오라고 했다.

둘이 나란히, 침대에 걸터앉았다.

커틀러스는 긴장한 표정이다. 그러고 보니까, 커틀러스가 나한테 뭔가를 부탁하는 건 처음이네.

"커틀러스는 언니를 가까운 데서 보기 위해, 레티시아랑 같이 가고 싶다는 거지?"

"예."

커틀러스는 고개를 끄덕였다.

"물론 주공의 사명은 완수할 생각입니다. 단지…… 그러는 동안에, 하루라도 좋으니까, 가능한 가까운 곳에서…… 클로디아 공주님을 보고 싶지 말입니다."

"알았어."

그렇게 대답했다.

"어차피 우리 중에 누군가가 그 역할을 해야 하니까. 하고 싶은 사람이 있는지, 나중에 물어볼 생각이었거든"

"노예라도, 괜찮겠지 말입니다?"

커틀러스는 걱정된다는 것처럼 목줄을 만졌다.

"다 확인했어. 괜찮아."

귀족의 시종은 거역하지 않는 사람이 좋다. 그래서 노예가 그런 역할을 맡는 경우도 드물지 않다고 한다. 목줄이 드러나지 않는 옷을 입는 게 예절이지만.

커틀러스가 레티시아와 같이 가준다면 안심이다.

커틀러스는 전투력도 있고, 방어용 스킬도 가지고 있다. 호위 역할로는 안성맞춤이겠지.

"그리고, 언니를 보고 싶다는 커틀러스의 심정도 이해하니까."

"솔직히, 저는 아직, 제가 왕가 사람이라는 걸 실감하지 못하지 말입니다……"

커틀러스는 침대 시트에 손을 짚고, 다리를 덜렁덜렁 흔들고 있다.

자기 안에서, 말을 선택해서, 천천히 말하고 있는 것 같다.

"그리고, 왕가에도 그다지 좋은 인상이 없지 말입니다. 임금님인 제 아버지가, 어머니를 내쫓은 일도 있고, 그 은퇴기사 가른가라를, 아버님이 신뢰했던 것도…… 그리고, 주공을 이세계에서 억지로 불러왔다는 것도, 말입니다."

"그러게……"

분명히 나와 커틀러스한테 임금님을 믿으라고 하는 건 무리겠지.

"하지만, '자애로운 클로디아 공주'는 그런 사람이 아닐지도 모르지 말입니다."

"사람들이 좋아하는 것 같으니까. 제3 왕녀 클로디아 공주는."

"예. 그래서 저는, 그분을 한번 보고 싶습니다."

커틀러스는 톡, 내 어깨에 자기 어깨를 댔다.

"왕가에도 제대로 된 사람이 있다는 것을 확인하고 싶지 말입니다. 왕가가 위험한 사람투성이라면, 저는 괜찮을까, 하고, 걱정되지 말입니다."

"커틀러스는 괜찮을 거야."

"그럴까요?"

"커틀러스도, 커틀러스 안에 있는 핀도 착한 사람이라고 생각해. 나는."

커틀러스는 고지식할 정도로 성실하고.

핀은 자유분방하지만, 누구보다 커틀러스를 소중하게 여기고.

"걱정할 필요는 없을 거야. 내 말 가지고는, 안심하지 못할지도 모르지만."

"아닙니다, 주공의 말씀이라면, 저는 무조건 믿지 말입니다."

"그러니까 고지식하다는 거야."

"필요하시다면 '주종계약'의 명령으로 제 마음속 깊은 곳에 있는 소원을 꺼내달라고 부탁드릴 생각이지 말입니다. 세실 공에게, 그랬던 것처럼."

"세실이랑 무슨 얘기를 한 거야?!"

"예전에 주공께서, 세실 공의 마음속 소원을 불러내 주셨다고 들었지 말입니다! 내용은 모르지만 말입니다!"

눈을 반짝거리면서, 커틀러스가 말했다.

……'명령'으로 끌어냈던 소원 얘긴가.

그건 '상업 도시 메테칼'에서 퀘스트를 받았던 때였지. 내가 주인님 권한으로 세실의 마음속 깊은 곳에 있는 소원을 불러냈었고.

그때, 세실이—— 아기를 바란다는 걸 알았다.

세실한테는 일정한 금액이 모이면 소원을 들어주겠다고, 약속했는데…….

그러고 보니까, 퀘스트를 거듭하는 사이에 의외로 돈이 많이 모였단 말이야.

"주공……?"

"미안, 잠깐 딴생각을 했네."

나는 커틀러스 쪽을 봤다.

"아무튼, 커틀러스의 부탁은 잘 알겠으니까."

"감사합니다. 저는, 레티시아 님의 시종 역할을 잘 처리해 보이겠지 말입니다."

그렇게 말하고, 커틀러스는 '음' 하고 주먹을 꽉 쥐어 보였다.

커틀러스는 기사 후보생으로서 교육을 받아왔다. 귀족을 모실 때의 예의 작법 같은 것들도 잘 알겠지. 레티시아랑 같이 보내는 데 가장 적합할 거야. 문제는——

"……커틀러스의 정체가 들키는 건 아닐까, 겠지."

'자애로운 클로디아 공주'는 왕가 사람이다.

커틀러스의 존재를 알고 있을 가능성은…… 적겠지만. 없다고 할 수도 없다.

"제가 태어나자마자, 어머님이 의붓아버지한테서 도망쳤으니까, 괜찮을 거라고 생각하지 말입니다. 그리고 파티에서 노예 시종 따위를 신경 쓰는 사람은, 없지 말입니다?"

커틀러스는 잠옷의 가슴 부분을 손으로 누르면서, 고개를 끄덕였다.

"그렇겠지. 하지만, 혹시 모르니까, 커틀러스가 공주님이라는 걸 들키지 않게 했으면 싶어."

만에 하나라는 게 있으니까.

왕가 사람인 클로디아 공주가 '사라진 서자 공주'를 알고 있을 가능성도 있을 테니까.

그러니까──

"당분간, 커틀러스는 가능한 '남자아이' 상태로 있는 게 좋지 않을까."

"……예?"

커틀러스가 고개를 들었다.

내가 커틀러스에게 설명했다.

"은퇴기사 가른가라가 거둔 사람은 왕가의 잃어버린 '공주' 잖아? 그러니까, 커틀러스가 완벽하게 남자 행세를 하면 눈치채지 못할지도 몰라."

물론 변장도 시킬 생각이다.

커틀러스한테는 집사 같은, 깔끔한 복장을 입혀야겠다. 내가 그 옆에서 도와주고.

그러면 커틀러스의 소원도 이룰 수 있고, 나도 안심이 된다.

"그, 그렇습니다, 지 말입니다!"

커틀러스는 탁, 하고 손뼉을 쳤다.

"역시 제 주공이시지 말입니다! 그렇습니다. 저는 계속 남자 행세를 해왔지 말입니다. 지금까지 했던 대로만 하면, 아무도 제가 '공주'라고 생각하지 못할 것이지 말입니다! 주공은 역시 대단하시지 말입니다!!"

"……밤이니까, 조용히, 쉿~."

"……그, 그랬지 말입니다. 쉿~."

내가 입술에 손가락을 대자, 커틀러스도 황급히 날 따라 했다.

항구도시의 조용한 밤.

달빛이 들어오는 방 안에서, 우리 둘은 서로 마주 보고 있다.

얇은 잠옷을 입은 커틀러스는 작고, 몸도 가느다랗다. 몸의 기복도…… 거의 없으니까, 딱 맞는 옷을 입으면 남자 행세 정도는 할 수 있겠지.

"옷은 이리스한테 준비해 달라고 하고, 자세한 일들은 내일 다 같이 얘기하자."

"알겠습니다 지 말입니다, 주공."

커틀러스는 나한테서 한 걸음 떨어지더니 정중하게 인사했다.

"이 커틀러스 뮤트란, 완벽한 남자 연기를 해 보이겠지 말입니다. 저는 계속, 제가 남자라고 생각했으니까, 사람들 눈을 속이는 정도는 일도 아니지 말입니다."

"그렇게 간단한 일이 아니다, 기사 소녀여!"

갑자기 목소리가 들려왔다. 침대 쪽에서.

모습은 보이지 않는다. 뭐야, 굳이 숨을 필요도 없는데.

"하고 싶은 말이 있으면 나와, 레기."

"불러줘서 영광이다!"

휙, 하고 이불을 젖히고, 사람 모습의 레기가 일어났다.

당연히 있겠지. 아까까지 내 옆에서 자고 있었으니까.

"수많은 아름다운 공주, 미소녀들을 봐온 이 몸은 알 수 있다. 기사 소녀여. 네 몸짓은 상당히 여자아이처럼 변해 있다!"

"——예에?!"

커틀러스의 눈이 휘둥그레졌다.

"그랬어?"

물론 지금 내 눈에는 커틀러스가 여자아이로 보이지만.

하지만 그건 내가 '커틀러스는 여자아이'라는 사실을 알고 있기 때문이고, 다른 사람한테는 그렇지 않을 거라고 생각했었는데.

"잘 생각해봐라, 기사 소녀. 너는 주인님의 시선을 너무 의식하는 것이 아닌가? 주인님이 곁에 있을 때, 무의식적으로 가슴에 손을 얹고 있다는 사실을 알고 있는가? 주인님과 거리가 가까워질 때마다 볼이 빨개지고 있다는 것도 모르고 있는가?!"

"드, 듣고 보니까……."

"그런 행동은 그야말로 여자아이 그 자체. 그래가지고 '남자' 행세를 할 수 있겠는가!"

레기가 커틀러스를 손가락으로 가리켰다.

커틀러스는 벼락이라도 맞은 것처럼 부들부들 떨었다.

"……그렇다면 파티장에 갔을 때, 내가 커틀러스랑 따로 행동하면 되지 않을까?"

"그건 안 되지 말입니다. 저 때문에, 주공의 예정을 바꾸는 건 안 되지 말입니다."

"이 몸도 같은 생각이다. 그렇게 되면 기사 소녀가 되레 긴장할 테니까."

레기는 그렇게 말하고는 탁, 하고. 완전 평면인 가슴을 두드렸다.

"하는 수 없지. 이렇게 된 이상, 이 몸이 기사 소녀를 돕도록 하겠다."

레기는 침대 위에 올라가서 떡 버티고 섰다. 흐흥, 하고 콧김을 거칠게 내뿜으며, 커틀러스를 내려다보고 있다.

"간단한 일이다. 네가 확실하게 '남자' 행세를 할 수 있도록, 곁에 있는 이상적인 '남자'의 흉내를 내면 되는 것이다."

"남자를 보고, 흉내를?"

"그러하다. 네게 있어 '이상적인 남자'란 누구인가?"

"주공이지 말입니다!"

"그렇다면 주인님을 보고 배우면 된다. 내일 아침까지 주인님과 '같은 남자'로서 지내도록 해라. 그리하면 올바른 '남자'로서의 존재방식을 배울 수 있겠지!"

"알겠습니다, 지 말입니다!"

"아니, 그건 좀 이상하지 않은가?"

내가 말했다.

무슨 말인지는 알겠지만…… 그 작전, 뭔가 함정이 있는 것 같은 기분이 든단 말이야.

"부탁드리지 말입니다, 주공!"

"안 된다. '같은 남자'니까 나기 군이라고 부르거라."

"예? 하지만, 주공을 그렇게 부르는 건 실례지 말입니다?"

"네 소원이 걸린 문제가 아닌가? 주인님께 부탁해 봐라. 그 대신, 뭐든지 주인님이 시키는 대로 하고. 그 어떤 바람이나 명령이라도 거부하지 않는…… 그런 건 어떤가."

"부탁드리지 말입니다, 주공!"

커틀러스는 애원하는 눈으로 날 보고 있다.

이 아이는 이복자매를 만나기 위해서 남자 행세를 할 생각이다.

그것을 위한 훈련으로써 날 보고 배운다…… 는 레기의 제안은 따지고 들 부분이 너무나 많지만, 내가 곁에 있어도 의식하지 않게 한다는 의미에서 본다면, 그렇게까지 잘못된 건 아니다.

커틀러스는 내 노예로서는 아직 초보자다. 익숙해지기 위해서 같이 있는 거라면 이해할 수도 있을 것 같다.

"알았어. 좋아, 커틀러스."

"고맙습니다! 주공!"

"나기 군이다! 기사 소녀여!"

"…………나, 나기 군…….."

"음!! 훌륭한 각오다!"

커틀러스는 나를 향해서 깊이 고개를 숙였고, 레기는 만족스럽게 고개를 끄덕였다.

그렇게 해서, 커틀러스는 내일 아침까지 나와 '친구 사이인 같은 남자'로서 지내게 됐다.

──커틀러스 시점──

그렇게 해서, 나는 나기 군과 같은 방에서 하룻밤을 보내게 됐습니다.

이건 제게 내려진 시련이라고, 레기 공은 그렇게 말했습니다.

맞는 말입니다.

저는 제가 남자라고 생각하던 시절에, 기사가 되고자 했습니다. 기사란 엄한 훈련을 뛰어넘어서 일류가 되는 법입니다.

그래서 저는 나기 군과 같은 침대에서 자더라도 동요하지 않도록 되어야만 합니다. 이것도 시련이지 말입니다.

"그, 그럼 실례하겠지 말입니다. 나기 군."

저는 나기 군의 침대 위에 올라가서 누웠습니다.

그 순간, 두근, 하고 심장이 크게 뛰었습니다.

침대가, 나기 군의 체온으로 따뜻했기 때문입니다. 그 체온이 얇은 잠옷 너머로 전해져 오니까, 나기 군한테 안긴 것 같은 기분이 들었습니다.

──하지만, 이런 일 때문에── 핀이 되지는 않을 겁니다.

이복자매── 공주 전하를 직접 보기 위해서라면, 어떤 시련이라도 견뎌내겠습니다.

"그럼 잘 자. 커틀러스."

"안녕히 주무세요, 지 말입니다. 나기 군."

저는 나기 군과 같은 이불을 덮고, 눈을 감았습니다.

……뭐죠, 이건. 엄청나게 덥습니다.

이르가파가 온난한 기후이기는 하지만, 밤에도 이렇게 더운 건 이상합니다.

"나기 군…… 덥지 않으시지 말입니다……?"

"……괜찮아…………."

졸린 것 같은 목소리로 대답했습니다.

그렇다면 더운 건 저 혼자뿐입니다. 이불을 치워버릴 수도 없습니다. 나기 군이 깨기라도 하면 큰일입니다.

레기 공은…… 어느샌가 검으로 돌아가서, 조용히 잠들어 있습니다.

이럴 때, 남자들끼리라면 어떻게 하면 될까요?

……그렇습니다. 제가 잠옷을 벗으면 됩니다. 지금의 저와 나기 군은 같은 남자입니다. 웃옷을 전부 벗어도 문제없습니다.

저는 나기 군이 깨지 않게…… 잠옷의 끈을 풀었습니다.

어깨를 움츠리고…… 잠옷을 내렸더니…… 어째선지 등줄기가 오싹오싹하지 말입니다. 이건 '같은 남자 사이'에서 있는 우정의── 떨림 같은 것일까요.

아무튼, 잠옷 웃옷을 벗는 데는 성공했습니다.

열도…… 어라? 되레 더 더워졌지 말입니다?

……하지만, 그렇다고 더 이상 벗을 수도…….

어쩔 수 없습니다. 그냥 이 상태에서 참아야겠습니다. 이것도 시련이라고 생각해야겠죠.

"………쿠울."

나기 군은 푹 잠들어 있습니다.

편안한 숨소리를 듣고 있으니, 저까지 뭔가가 가득 채워지는 기분이 듭니다.

이 분 곁에 있으면서, 이 분의 방패가 되고 싶다.

그런 생각을, 다시 한번 자각했습니다.

……그러고 보니까 핀은 '언젠가 우리는 주공을 받아들이는 칼집이 될 거야'라고 말했었죠. 그게 대체 무슨 의미였던 걸까요? 왠지 가슴이 두근거리는 말이었는데…….

저는 어려운 건 잘 모릅니다.

그저, 나기 군이 곁에 있을 뿐인데 푸근한 기분이 듭니다.

저는 손을 뻗어서 주공의 머리카락을 쓰다듬었습니다.

뻣뻣한 검은 머리카락입니다. 그렇군요. 남자란 이런 것이지 말입니다.

레기 공의 제안은 분명히 효과가 있습니다. 저는 지금, 남자와의 접촉이라는 것을 느끼고 있습니다. 남자란 어떤 것인지, 확실히 알겠습니다.

저도 모르게, 나기 군의 등을 끌어안고 말았습니다.

같은 남자로서의 우정입니다. 따뜻합니다. 어째선지, 가슴이 욱신거리기도 합니다만.

흐음. 이 감각이, 남자들 간의 우정의 상징이지 말입니다. 이렇게 나기 군한테 달라붙어 있으면, 계속 이러고 싶다는 생각이 듭니다.

……흐아암.

왠지, 잠이 옵니다.

오늘은 이대로 나기 군과 같이 잘 거지 말입——

'정말이지. 어쩔 수 없다니까, 커틀러스는.'

꿈에, 핀이 나왔습니다.

허리에 손을 대고, 어째선지 화를 내는 것 같습니다.

'좀 더 자각하게 해줘야 하나.'

자각? 무슨 말이지 말입니다.

'커틀러스. 지금 무슨 기분인지 말해봐.'

제, 지금 기분? 간단하지 말입니다.

——나기 군과 붙어 있으면, 행복하고.

——따뜻하고, 포근하고, 가슴이 욱신거리고.

——가슴 속 깊은 곳에서, 뭔가가 넘쳐나는 기분이지 말입니다.

'하아…… 역시 모르는구나.'

왜 한숨을 쉬는 거지 말입니다? 핀.

'저기 말이야, 커틀러스. 넌 대체 왜 클로디아 공주—— 언니를 보고 싶다고 생각했어?'

그건, 왕가에도 제대로 된 사람이 있는지 확인하고 싶기 때문이지 말입니다.

'어째서?'

왕가 사람들이 전부 위험한 사람들이라면, 나는 내 몸에 흐르는 왕가의 피가 너무나 걱정되지 말입니다. 왕가에만 깃든 저주라거나── 보이지 않는 스킬이 있는 건 아닌가, 하고.

물론 너무 깊이 생각하는 거라는 정도는 알고 있지 말입니다.

하지만…… 저는 주공과의 사이에 문제가 생기는 게 싫고…… 장래가, 걱정되지 말입니다.

'그래, 나도 장래가 걱정돼. 커틀러스랑 다른 의미로.'

……? 다른 의미로, 말입니까?

'너도 무의식적으로 알고 있겠지만 말이야, 그런 걱정을 했다는 정도는.'

이해할 수 있게 설명해줬으면 싶지 말입니다. 핀.

'네가 지금 뭘 느끼고 있는지, 자세히 말해봐. 그러면 알 수 있으니까.'

……제가 지금, 뭘 느끼고 있는지, 말입니까?

저는…… 정말 행복한 기분입니다.

나기 군을 안고서. 서로의 몸이 닿아 있는 게, 기쁘고. 하지만…… 이 이상은, 어떻게 해야 좋을지, 몰라서…… 답답한 기분도, 들지 말입니다.

어떻게 해야 좋은지, 사실은 알고 있는데…… 손이 닿지 않는 것 같은…….

이건…… 어라?

혹시…… 어라라? 어라라라라?

'이제 알았지? 커틀러스.'

꿈속의 핀이 만족스럽게 고개를 끄덕였습니다.

'커틀러스가 말한 '따뜻하고, 푹근하고, 가슴이 욱신거리는' 건, 남자들 간의 우정이 아니라, 여자들이 좋아하는 사람을 안고서── 하나가 되고 싶다고 생각했을 때의 감정. 네 안에서는 이미 그게 싹터 있었어. 그래서 너도 왕가의 피가 걱정된 거야.'

어, 어째서 그렇게 밝게 웃고 있는 거지 말입니다? 핀?!

'……클로디아 공주를 잘 보고 확인해 둬. 공주가 좋은 사람이거나, 그냥 잔챙이라면, 안심하고 주공과 하나가 될 수 있을 테니까. 우리가── 주공을 받아들이는 칼집이 돼서── 왕가의 피를 물려받은 아이를 낳더라도── 안심──'

정신을 차려보니, 저는 이불을 젖히면서 벌떡 일어났습니다.

아침입니다.

밖에서는 새가 울고, 창문에서는 아침 햇살이 들어오고 있습니다.

"……저는."

저는, 제 납작한 가슴을 봤습니다. 옆에서, 주공이 주무시고 계십니다. 몸을 뒤척입니다.

"음…… 안녕."

주공이, 슬쩍 눈을 뜹니다.

아직 희미한 시선 앞에서, 저는──

"————?!"

저도 모르게 가슴을 가리고, 주공께 등을 돌렸습니다.

"커틀러스? 저기…… 그 차림은."

"아무것도 아닙니다! 아무것도 아니니까, 보지 말아주셨으면 싶지 말입니다!"

저는 이불을 끌어당겼습니다. 주공께 말씀을 드리고, 그 이불을 몸에 감았습니다.

이게 어떻게 된 일일까요.

주공께 몸을 보여드려도, 저는 핀으로 변할 뿐인데.

아니, 아닙니다.

저는 자각하고 말았습니다.

어제까지의 제가 여자아이 LV1이었다면, 지금의 저는 여자아이 LV2.

맨살로 주공을 안고 있는 사이에, 주공과 어떻게 하고 싶은 건지, 본능적으로 깨닫고 말았지 말입니다.

……어째서 어제의 저는, 주공을 안고서 잠들었던 걸까요.

"이젠 무리지 말입니다. 그런 짓을 했다만, 멈출 수 없게 돼버리지 말입니다."

'정말 손이 많이 가네. 커틀러스.'

시끄럽지 말입니다. 핀.

그리고 레기 공도, 어째서 "흐흥~" 하는 소리를 내는 거지 말입니다. 설마, 다 보고 있었던 겁니까? 그렇다면 나중에 지도를 받아야…….

"저기, 주공……."

저는 이불을 끌어안은 채, 어깨너머로 주공을 보면서, 말했습니다.

"아, 안녕히 주무셨습니까지 말입니다."

거기까지 말하는 게, 고작이었습니다.

핀이었다면 이럴 때, 뭐라고 했을까요?

'당연히 주공의 정을 베풀어 주세요, 라고 해야 하지 않겠어. 커틀러스.'

그건 레벨이 좀 더 올라간 뒤에 해야 할 것 같지 말입니다, 핀.

제3화 「『레티시아 미르페 강화 계획』과 두 사람의 약속. 그리고 이변」

"이번 작전은 이리스한테 맡겨주세요!"

이리스는 탁, 하고 가슴을 두드렸다.

여기는 우리 집 거실.

'이르가파 영주 소개 파티'를 위해서, 나와 이리스는 작전 회의를 하고 있었다.

"영주 가문과 관계된 일이라면, 이리스와 라필리아 님이 대처하는 게 가장 좋아요. 당일에는 오빠가 파티장에 들어와 있을 수 있도록 해두겠어요."

"그건 고마운데, 그래도 괜찮겠어?"

"이리스가 할 일은, 오빠의 일을 줄여드리는 거잖아요?"

대담한 미소를 지으면서, 이리스가 대답했다.

"오빠는 항상 이리스네를 생각해 주고 계셔요. 그러니까, 이런 잡일은 이리스한테 맡겨주세요."

"잡일인가."

"오빠가 이리스를 해방시켜 주신 뒤로, 영주 가문은 자유로운 마당 같은 곳이 됐거든요?"

그렇게 말하고, 이리스는 쑥스럽다는 듯이 웃었다.

내가 녹색 머리카락을 쓰다듬어 줬더니, 간지럽다는 것처럼 살짝 눈을 감았다.

"이리스가 쓰다듬어 주면 좋겠다고 생각한 걸 눈치채셨군요?"

"주인님이니까."

"그렇다면, 맡겨 주시길 바라는 마음도 눈치채셨겠네요?"

"응. 파티에서의 작전 준비는, 이리스하고 라필리아한테 맡길게."

"알겠습니다!"

이리스는 그렇게 말하고, 내 발밑에서 무릎을 꿇었다.

"이 이리스 하페우메어, 목숨을 바쳐서라도 사명을 다하도록 하겠습니다."

"목숨은 안 바쳐도 되고, 무리하지 않아도 되니까. 그냥 파티 당일에, 만에 하나를 위해서, 세실과 리타가 백업할 수 있는 장소를 확보해 줄 수 있을까?"

"알겠습니다. 준비하도록 할게요."

그밖에 세세한 이야기들을 한 뒤에, 이리스는 영주 저택으로 돌아갔다.

그리고 돌아가기 직전.

"그런데, 레티시아 님은 어디 계시죠?"

"커틀러스랑 같이 나갔어."

나는 시내 쪽을 가리켰다.

"짐을 찾으러 갔어. 커틀러스한테는 심부름도 부탁했고."

──그 무렵, 레티시아와 커틀러스는──

"그렇습니까. 제 짐은 아직 도착하지 않았군요."

레티시아는 한숨을 쉬었다.

이곳은 항구도시 이르가파의 '배송 길드'. 곳곳에 지부가 있는 길드로, 주로 귀족이나 상인들이 이용한다. 계약한 캐러밴을 이용해서 개인용 짐을 운반해주는 편리한 길드다.

"죄송합니다. 가도에 공주 전하의 행렬이 있으시기에…… 캐러밴이 왕가의 행렬을 앞지를 수도 없어서 말이죠……."

"그런 일이라면 어쩔 수 없군요."

레티시아는 파란 머리카락을 쓸어 올렸다.

짐이 늦어진 게 곤란하기는 하지만, 오히려 안도하는 기분도 들었다.

의례적인 일은 거북하다.

사실은 미르페 자작의 대리 같은 일은 하고 싶지 않다. '자애로운 클로디아 공주'에 대한 인사 같은 건 더더욱 싫고.

"죄송합니다, 커틀러스 양. 헛걸음하게 됐군요."

"아닙니다, 저도 주공께 심부름을 부탁받았지 말입니다."

커틀러스는 미소를 지으며 대답했다.

그리고는 문득, 열려 있는 길드의 출입문 쪽을 보면서,

"공주 전하의 행차를 못 본 건 아쉽지 말입니다."

"……그렇군요."

아주 조금 쓸쓸해 보이는 커틀러스의 옆얼굴을 보며, 레티시아가 말했다.

나기한테서 커틀러스가 자신과 같이 가고 싶어한다는 이야기는 들었다. 물론 레티시아도 이의는 없다. 커틀러스에게 클로디아 공주는 피가 절반이나마 이어진 언니다. 커틀러스가 언니의 모습을 한 번이라도 보고 싶어하는 심정은, 레티시아도 충분히 이해할 수 있었다.

"공주님 행차는 오늘 아침 일찍 도착했습니다. 조금, 늦은 것 같군요."

"그, 그렇습니까. 시간까지는 미처 생각을 못 했지 말입니다."

"걱정하지 마세요. 커틀러스 양."

레티시아는 커틀러스의 손을 잡았다.

"'차기 영주 소개 파티'에서, 당신은 제 옆에 계셔 주세요. 어떤 수를 써서라도 당신의 바람을 이뤄드리겠습니다."

"레티시아 공……."

"당신은 저의, 소중한 친구니까요. 그렇죠?"

"아, 예. 레티시아 공!"

커틀러스는 레티시아의 손을 맞잡고, 웃었다.

"고맙습니다. 저…… 레티시아 공을 만나서 정말 다행입니다."

"저도, 당신이 친구가 돼서 기쁩니다."

그렇게 말하면서, 레티시아가 미소를 지은 그때——

"어머나, 아는 얼굴이 있다 했더니…… 미르페 가문의 영애가 아닌가요."

'배송 길드'의 문이 열리고, 드레스를 입은 소녀가 들어왔다.

좌우에 있는 병사들의 호위를 받으며, 굽이 높은 구두를 신고, 납작한 가슴을 활짝 펴고.

"당신도 '차기 영주 소개 파티'에 참가하시나 보군요. 레티시아 미르페 님."

소녀는 그렇게 말하고, 입가에 손을 댔다.

"그리고…… 들었습니다. 서민과 친구, 라고. 귀족으로서 창피하군요."

"오랜만이군요. 라란벨 엘른기어 남작 영애."

레티시아는 살짝 무릎을 굽혀서 소녀에게 예를 갖췄다.

한 손으로는, 커틀러스의 손을 꼭 잡은 채.

"귀족이라면, 무례한 말을 해서는 안 되겠지요?"

"실례했습니다. 하급 귀족이라고는 해도, 엘른기어 남작 가문은 왕가의 신뢰가 두텁고, 공주님께서 직접 연락을 주셨기에. 귀족답지 않은 분을 보면…… 긍지를 어디에 두고 온 것은 아닌지 걱정이 돼서 말이죠."

"귀족의 긍지는 단순합니다. '백성을 지킨다' '자신의 혼에 따른다'."

레티시아는 소녀의 눈을 똑바로 보면서, 대담하게 웃었다.

"거기에 어긋나는 일을 하지 않는 것이, 제가 생각하는 귀족입니다."

"……레티시아 님."

"걱정하지 않아도 됩니다, 커틀러스 양. 라란벨 남작 영애는 저와 아는 사이니까요."

레티시아는 커틀러스의 손을 꼭 잡았다.

"정확히 말하자면, 아버지와 인연이 깊은 가문의 분이죠. 상업 도시 메테칼에 사시는 분이고…… 마법이 취미, 라고 했죠."

"전 마법 기술을 통해서 '귀족의 정의'를 구현하는 자입니다."

라란벨 엘른기어가 말했다.

"귀족이란 존엄하고, 백성들이 동경하는 대상이어야 합니다. 그 궁극적인 형태가 왕이고—— 그것이 '귀족의 정의'입니다. 그러니까, 당신처럼 모험자 흉내를 내고 서민들과 어울리는 분을 보면 화가 납니다. 레티시아 님."

"그건 참 죄송하군요."

레티시아는 가볍게 인사를 하고, 라란벨과 헤어지려 했다.

하지만, 상대가 길드 입구를 막고 있다. 게다가 이야기를 끝내려 하질 않고.

"귀족이란 존엄한 자를 피부로 느낄 수 있습니다. 당신은 모르겠지만 말이죠."

라란벨 엘른기어는 레티시아를 보면서 흥, 하고 콧방귀를 뀌었다.

"저는 왕가분들과도 몇 번씩이나 이야기를 나눈 적이 있으니까요."

"확실하게 말하는 게 어떻습니까. 자신이 클로디아 공주 전하와 가까운 사이라고."

"……왕가분의 이름을, 이런 곳에서 함부로 입에 담을 수는 없으니까요."

입을 가리면서 웃는 라란벨 엘른기어.

그 사람을 무시하는 것 같은 동작에서, 레티시아는 시선을 돌렸다.

'라란벨 엘른기어가 클로디아 공주 전하와 가까운 귀족이라면, 예의 작법을 배워야 할지도 모르겠군요……. 공주 전하께 인사할 때, 실례가 되지 않도록.'

레티시아는 고개를 저어서 그 생각을 머릿속에서 몰아냈다.

클로디아 공주님은 존경하고 있다.

아마도, 레티시아가 지닌 귀족으로서의 지식, 예의에 관한 지식을 그러모아서 인사를 해야겠지. 왕가에 대해 실례를 저질러서는 안 된다. 그 정도는 레티시아도 알고 있다.

'——하지만, 이 분은—— 커틀러스 양을 모욕했습니다.'

서민과 친구가 되다니, 창피하다고.

커틀러스의 출생 따위는 상관없다. 지금의 커틀러스는 나기(친구)의 노예고, 가족이고, 레티시아의 소중한 친구다. 그런 사람을 무시하는 상대에게 고개를 숙일 생각은 없다.

"당신의 사고방식을 굳이 부정할 생각은 없습니다. 라란벨 엘른기어."

레티시아는 가슴을 당당하게 펴고, 말했다.

"그러니까 당신도, 저희의 존재방식을 부정하지 않았으면 싶습니다. 그게 다입니다."

"어머나, 그것도 좋겠죠. 저와 당신의 차이가 벌어질 뿐일 테니까."

라란벨 엘른기어는 살짝 콧방귀를 뀌고서 웃었다.

"당신이 서민과 놀고 있는 사이에, 저는 점점 왕가와 가까워질 겁니다. 실제로 저 정도가 되면, 왕가의 피를 지닌 분께서 가까이 계시기만 해도 알 수 있답니다."

"…………예?"

커틀러스의 눈이 휘둥그레졌다.

"어? 뭐…… 어?"

그대로 슬금슬금, 라란벨 엘른기어한테서 떨어지려고 했다.

"……커틀러스 양."

"괘, 괜찮지 말입니다. 아무것도 아니지 말입니다!"

"닥치세요, 서민. 당신 따위는 평생 왕가분과 말을 나눠볼 일도 없을 텐데."

"아, 예. 그러고 싶다고 생각은 하지 말입니다. 남작 영애님."

커틀러스는 끄덕끄덕, 고개를 끄덕였다.

"그만하시죠, 라란벨 엘른기어."

레티시아는 이마에 손을 댔다.

"당신은…… 그러니까…… 해서는 안 될 말을 하고 있습니다. 그러니까."

"죄송합니다만 레티시아 님, 저는, 서민에게 귀족이라는 것을 가르치고 있을 뿐입니다. 알겠나요, 서민. 귀족이란 왕가의 피를 지닌 분과 만나면, 본능적으로 알 수 있답니다?"

"본능, 말입니까……."

"예. 귀족이란 왕가분과 가까워지고 싶다, 친해지고 싶다고 생각하는 존재입니다. 레티시아 님께는 그런 힘이 없는 것 같지만 말이죠. 벼락출세한 가문이니까."

"아, 아닙니다…… 레티시아 님께는 충분히 귀족으로서의 소질이 있다고 생각합니다만……."

"저는 '자애로운 클로디아 공주'님이 시내에 들어오시기 전부터, 그 존재를 느끼고 있었습니다. 이런 제가 '왕가의 피'를 놓치는 일은 있을 수도 없는 일입니다!"

"…………예에."

"만약에, 만에 하나, 왕가의 피를 지닌 분을 알아보지 못한다면, 그 죄가 너무나 부끄러워서 바다에 몸을 던지겠습니다!"

"바보 같은 짓은 하지 마세요!" "성급하게 굴면 안 되지 말입니다!"

레티시아와 커틀러스가 동시에 말했다.

라란벨 엘른기어는 콧방귀를 뀌고서 흐흥, 하고 웃을 뿐이었다.

자기가 한 말에 만족한 것일까. 그녀는 드레스 자락을 펄럭이며 발을 돌렸다.

"언젠가는 레티시아 님도 알게 되겠죠. 제 '귀족의 정의'가 옳다는 것을."

그렇게 말하고, 라란벨 엘른기어는 부하들과 함께 '배송 길드'의 카운터로 갔다.

"……짐." "진상품." —— 그런 말들이 들려왔다.

"그만 갈까요, 커틀러스 양."

"아, 예. 레티시아 님."

레티시아와 커틀러스는 손을 잡은 채 '배송 길드'에서 나왔다.

"레티시아 님, 잠깐, 말씀을 드려도 될까요?"

갑자기, 커틀러스가 발을 멈췄다.

"저를 '친구'라고 불러주신 레티시아 님께, 드릴 말씀이 있지 말입니다."

커틀러스는 레티시아를 골목으로 데리고 갔다.

그리고, 진지한 얼굴로——

"사실, 제 안에, 또 하나의 인격이 있지 말입니다."

"그런가요? 그렇다면 그분과도 친구가 돼야겠군요."

"레티시아 님은 그릇이 너무 크시지 말입니다?!"

"인제 와서, 무슨 일이 일어나도 놀라지도 않습니다."

레티시아는 다시 한번, 커틀러스를 자세히 봤다.

자신이 왕가의 피를 이어받았다는 것을 알고 있으면서도, 커틀러스에게서는 거만하게 구는 기색을 찾아볼 수가 없었다. 그러고 보니까 커틀러스와 처음 만났을 때도 '주공의 노예'라고 했었지.

아마도 이 아이에게는, 그게 제일 중요한 일이겠지—— 그렇게 생각한 레티시아는, 이해했다는 것처럼 고개를 끄덕였다.

'——이 아이는 왕가 사람이기 이전에 나기 씨 파티의 동료.'

그런 말이, 마음속에서, 딱, 하고 자리를 잡았다.

마음속 깊은 곳에서 이해했다. 커틀러스 뮤트란은 왕가 사람이 아니라, 나기네의 소중한 가족이다—— 라고.

"그리고, 나기 씨의 동료인 커틀러스 양도 '치트 캐릭터'겠죠? 그렇다면 어지간한 일들은 받아들일 수 있습니다."

"레티시아 님, 정말 감사하지 말입니다!"

활짝 웃는 커틀러스와 만족한 표정의 레티시아.

두 사람이 골목에서 나오자—— 좀 전에 들렀던 '배송 길드' 직원과 마주쳤다.

"다행이다. 아직 이 근처에 계셨군요, 레티시아 미르페 님."

"어머나, 무슨 일이라도 있나요?"

"지금 막, 레티시아 님 앞으로 편지가 도착했습니다."

그 말을 듣고, 레티시아와 커틀러스는 '배송 길드'로 돌아갔다.

레티시아는 서류에 서명하고, 미르페 가문의 문장이 들어 있는 반지를 보여주고, 그리고는 통 모양으로 말아놓은 양피지를 받았다.

밀봉을 풀고, 살짝 읽어보고——

"……일이 귀찮아졌군요."

레티시아가 진지한 표정으로 중얼거렸다.

"무슨 일이시지 말입니다, 레티시아 님."

"아버지가, 제게 명령을 내리셨습니다. 클로디아 공주 전하를 모시라고."

레티시아는 씁쓸한 표정으로 편지를 꽉 쥐었다.

"제가 제3 왕녀 클로디아 님의 '학우'로 선발되었다는 것 같습니다. 왕녀님과 함께 있으면서, 배우고, 호위하는 큰 역할에."

——나기 시점——

"제가 '자애로운 공주' 클로디아 전하의 '학우'가 된다는 것 같습니다."

장을 보러 나갔다 돌아온 레티시아는, 거실 의자에 앉아서 긴 한숨을 쉬었다.

"학우……?"

"나기 씨 세계에는 없었던 것 같군요. 귀족을 왕자나 공주 직속으로 삼는, 그런 겁니다."

레티시아가 설명하기 시작했다.

'학우'란 소위 말하는 '간부 후보생'이라는 것 같다.

항상 왕가의 왕자나 공주와 같이 있으면서 같이 배우고, 때로는 그 왕자나 공주를 지켜준다. 공부할 때는 왕가 사람 대신 교사에게 얻어맞기도 한다는 것 같다. 이것은 아랫것들이 왕가 사람에게 손을 댈 수 없기 때문에. 자신의 '학우'가 맞는 모습을 보고, 왕자와 공주도 '사람의 아픔'을 배울 수 있다고 하는, 그런 것 같다.

명예와 장래성을 제외하면 상당히 블랙한 일이다.

"그 라란벨 엘른기어 남작 영애도 클로디아 공주 전하의 '학우'였을 겁니다. 미르페 자작 가문과 엘른기어 남작 가문은 예전부터 교류가 있습니다. 그런 흐름 속에서, 클로디아 전하가 저를 원하신다고 하신 건지도 모르겠군요."

"라란벨 엘른기어 남작 영애라면, 두 사람이 시내에서 만났던 귀족이었지."

내가 물었더니 레티시아가 고개를 끄덕였다.

"그녀는 '귀족의 정의'를 주장하는 소녀입니다. 귀족이란 존엄하고, 사람들이 동경하는 대상이 되어야 한다고. 그리고 그런 귀족의 궁극의 모습이 왕이라고. 그래서 그녀는 예전부터 왕족에게 가까이 가려고 했어요."

"그건 분명히…… 레티시아하고는 상성이 나쁠 것 같네."

"저는 그 사람에게 그다지 관심은 없지만요."

레티시아는 그렇게 말하면서 어깨를 으쓱거렸다.

우리는 차를 한 모금 입에 머금고는 하아, 하고 한숨을 쉬었다.

"그 '학우'라는 건 거절할 수는 없는 거야?"

"가능합니다. 하지만 자작 가문이 그것 때문에 불리한 입장에 처하는…… 일도 있겠죠."

"아버지나 영지 사람들이?"

"영지분들은── 작은 마을이니까── 영향은 없을 거라고 봅니다. 하지만 아버지는 난리가 나겠죠. 어쩌면 여기까지 쫓아와서 저를 억지로 '학우'로 삼으려고 할지도 모릅니다……."

레티시아는 아버지랑 그렇게 잘 지내는 건 아니라고 했었지.

미르페 자작은 레티시아가 관여했던 '서민 길드'와 '귀족 길드'의 싸움도 못 본 척했었으니까.

레티시아 본인은 '학우'가 될 생각이 없다.

하지만 아버님은 그녀를 억지로, 클로디아 공주한테 데리고 갈지도 모른다.

그렇게 된다면——

"레티시아를 치트 스킬로 강화하는 게 좋겠는데."

"———?!"

"저, 저를 강화하겠다고요?! 어째서입니까?!"

"'학우'에서 잘 도망칠 수 있게."

"저는 나기 씨의 친구지 노예가 아닙니다만?!"

"응. 그래서 필살기 레벨의 스킬은 무리지만, '통상기와 특수기가 강한 캐릭터'라면 가능하지 않을까 싶거든."

"의미를 모르겠습니다!"

"알기 쉽게 말하자면 약, 중, 강펀치랑 킥, 커맨드 입력 특수기만 가지고 적을 압도할 수 있는 캐릭터야. 필살기를 사용할 틈을 주지 않고, 어느새 적의 체력을 제로로 만들어 버리는 게 이상적이려나."

"더 모르겠습니다!"

"레티시아가 억지로 끌려갈 것 같을 때를 위한 대책이야."

물론 가능한 눈에 띄지 않고, 저항했다는 사실조차 들키지 않을 방법으로.

"난 레티시아한테 빚이 있어. 이 정도는 하게 해줘."

"정말이지, 나기 씨는 거절하기 힘든 부탁을 하는군요."

"그런가?"

"좋아요. 알겠습니다."

레티시아는 어째선지 위세를 부리는 것처럼 가슴을 활짝 펴고, 고개를 끄덕였다.

"나기 씨가 기껏 제안하신 후의니까, 받아들일 수밖에 없겠죠. 사교용과 여행용으로, 아버지가 주신 스킬이 있습니다. 이걸 사용해 주세요."

레티시아는 가죽 주머니에서 스킬 크리스탈을 꺼냈다. 두 개.

『예의 작법 LV4』
『예의』로 『품격』을 『정돈하는』 스킬

『전력 질주 LV2』
『체력』으로 『이동 속도』를 『상승시키는』 스킬

"당신이 저를 걱정해 주는 건 고맙습니다. 하지만 계속 그렇게 걱정하게 하기만 하는 것도 분하니까…… 대신에 지금부터 제가 하는 제안을, 받아들여 줄 수 있을까요."

"좋아. 뭐든지 말해봐."

"그럼……."

레티시아는 어흠, 하고 헛기침을 한 번 하고서——

"나기 씨네의 첫 번째 아이 이름을, 제가 짓게 해주세요."

레티시아는 진지한 눈으로 나를 봤다.

"저는 아이네와 나기 씨의 친구입니다. 다른 소녀들도 친구라고 생각하고 있고요."

"응."

지금은 장난칠 때가 아니다.

나는 허리를 곧게 펴고, 무릎에 손을 얹고, 친구의 말을 듣기로 했다.

"그러니까 저는, 당신들이 행복해졌으면 합니다. 만약의 경우에는 도와드리고 싶고요. 아이에게 이름을 지어주는 것은 그 맹세와도 같은 것입니다. 이름을 지어준 아이의 가족이라면, 어떤 일이 있어도 그냥 버려둘 수 없지 않겠나요."

"레티시아한테 폐를 끼치는 일은 안 할 건데?"

"그런 소리를 못하게 하기 위해서, 입니다."

레티시아는 한쪽 눈을 살짝 찡긋했다.

"저는 나기 씨 일행과의 사이에서 태어날 아이한테…… '먼 친척 언니' 같은 존재입니다. 멀리 떨어져 있어도, 언제까지고 이름을 지어준 아이의 편이 되어주는, 그런 '언니'입니다."

……못 당하겠다니까, 레티시아한테는.

아이에 대해서는…… 나도 각오가 되어 있다.

레티시아가 이름을 지어준다면 다른 동료들도 찬성하겠지. 물론 나도 이의는 없다.

"좋아."

내가 말했다.

"만약 우리한테 아이가 생긴다면, 레티시아한테 이름을 지어 달라고 부탁할게."

"교, 교섭이 성립됐군요."

……레티시아도 창피했나 보구나. 얼굴이 새빨개진 걸 보면.

아마 내 얼굴도 만만치 않게 빨개져 있겠지.

이런 건, 대낮부터 할 얘기가 아니니까.

그래도 뭐, 괜찮겠지.

이번 일이 정리되면 생각해 보려고 했었으니까.

우리의 과제는 '하얀 길드'와 관련된 자가 이 도시에 들어와 있다면 그자를 찾아내는 것과 커틀러스에게 클로디아 공주를 보여주는 것. 그것뿐이다.

후딱 해치우고, 미래에 대해 생각하자.

그 뒤에 우리는 느긋하게 오후의 티타임을 가지고——

다른 사람들이 돌아온 뒤에, 레티시아용 치트 스킬을 만들었다.

어제 커틀러스가 사다 준 『포박 LV1』의 개념이 딱 맞아서, 그걸 사용했다. 스킬을 자신에게 인스톨한 뒤에, 레티시아가 쑥스 럽다는 것처럼.

"그럼 스킬의 답례로, 오늘은 제가 식사를 준비하겠어요!"

"알았어, 아이네도 도와줄게! 옆에 계속 붙어서 도와줄 거야!"

"그럼, 장을 보러 다녀오겠습니다. 기대해 주세요."

"아이네도 같이 갈게. 괜찮아. 모두의 뱃속은 아이네가 지킬 거야!"

레티시아와 아이네는 밖으로 나갔다.

……그러고 보니까, 레티시아가 요리하는 모습은 본 적이 없네.

두 사람을 배웅한 뒤에, 우리는 일단 쉬었다.

'소개 파티'가 끝나면 뭘 할까, 같은 이야기를 하고 있는데…….

이리스한테서『의식 공유 · 개량형』으로 메시지가 왔다.

『발신 : 이리스(수신 : 오빠)

내용 : 긴급 연락입니다. 시내에, 마물이 나타났다는 보고가 들어왔어요.

오빠네는 저택에 숨어 계세요. 절대로 시내에 나가면 안 돼요.

알았죠. 꼭이에요!』

제4화 「불법 침입자를 혼내주기 위해서 무시무시한 인사를 해봤다」

"'해룡 케르카톨'이 지켜주는…… 여, 여기 이르가파에 마물이?! '차기 영주 소개 파티'는 어떻게 하지?! 귀족과 왕족분들도 와 계시는데?!"

"진정하세요 아버님."

여기는 영주 가문 저택의 중추, 영주의 방.

의자에서 굴러떨어진 아버지에게, 이리스가 조용히 말했다.

'——괜찮아. 이리스는 오빠랑 이어져 있으니까요.'

허리를 곧게 펴고, 가느다란 몸을 똑바로 세웠다. 겁먹은 아버지를 내려다봤다.

문 앞에는 소중한 노예 동료 라필리아가 대기하고 있다.

이리스는 라필리아와 눈짓을 주고받았다. 서로가 무슨 생각을 하는지, 말하지 않아도 알 수 있었다.

——지금은 여기서, 주인님을 위해서 할 수 있는 일을 하자.

그것뿐이었다.

"아버님, 정규군 대장을 여기로 불러주세요. 시내에 있는 사람들을 피난시켜야만 합니다."

"그, 그래."

"이 저택의 경호를 맡은 자들이라면 바로 움직일 수 있겠죠. 중장비로 마물을 상대하게 해주세요. 시내의 대기소에 있는 자들에게는 주민들의 피난 유도를. 전원에게 피리를 들려주겠습니다. 그 소리를 이용해서 서로의 위치를 확인하고 연계하도록. 단, 마물을 자극하지 않도록 멀리 떨어져서 불도록 하라고, 철저하게 당부해 주세요."

"아, 알았다. 바로 지시를 내리겠다."

영주는 책상 위에 있는 종을 울렸다. 호위 병사에게 말해서, 정규군 대장을 부르러 보냈다.

"시내에 마물이 나타났다는 건 알고 있겠지?"

"예. 주민이 부하들이 있는 대기소에 와서 그렇게 말했다고."

도착한 대장은 고개를 깊이 숙였다.

"──거기에 대해, 내 딸이 의견이 있다는 것 같다."

영주는 어흠, 하고 헛기침을 하고서 이리스 쪽을 봤다.

"저택 경비병들이라면 당장 움직일 수 있겠지. 중장비로 마물들을 상대하도록 하게. 대기소에 있는 병사들은 피난 유도를. 피리를 들고, 마물을 발견하는 즉시 불어서 동료들에게 위치를 알려라── 였지."

"아버님께서 말씀하신 대로입니다. 그래서, 마물의 위치는?"

"시장에 나타났다는 것 같습니다. '가고일'이었다고, 부하가 말했습니다."

"그렇습니까……."

이리스는 눈을 감고, 잠시 생각한 뒤에.

"그럼, '긴급 대책 본부'를 설치하도록 하죠."

"'긴급 대책 본부'라고 하시면?"

"큰 홀을 본부로 삼고, 그곳에 주요 인원들이 모여서 정보를 집약합니다. 그렇게 하면 잘못된 정보나 대응 실수를 줄일 수 있겠죠."

이리스는 그렇게 말하고는 이마에 손가락을 댔다.

'……그리고, 오빠가 뭐라고 하셨었죠…….'

전에 들었던, 나기의 이야기를 떠올렸다.

원래 살던 세계에서 나기가 좋아했던 '애니메이션' 또는 '괴수물'이었는데.

그쪽 세계의 위기관리는 정말 대단하다고 감탄한 기억이 있다.

"특히 중요한 것은 피난 유도입니다. 주민들을 영주 저택 주위로 모이게 하세요. 여기라면 병사들도 많이 있으니까요. 인명이 최우선입니다. 그다음엔——"

이리스는 잠시, 손으로 입을 막았다.

나기한테서 메시지가 들어왔기 때문이다. '오빠'한테서 메시지가 들어오면 나도 모르게 웃는 얼굴이 돼버린다. 하지만 지금은 비상시다. 정규군 대장 앞에서 표정이 풀어져서는 안 된다.

"혹시나 해서 하는 말인데—— 정체불명의 영웅이 나타난 경우, 그 사람을 방해하지 않도록 하세요."

"정체불명의 영웅, 말입니까?"

"예. 고상하고 멋진 영웅이, 무리하지 않는 정도에서 도와주실지도 모르니까, 최대한 방해하지 않도록 하세요. 그리고, 가능한 한 멀리서 지켜보도록 하시고요."

"아, 알겠습니다!"

"아, 떠올랐습니다. 이런 사태를 '제1급 재해'라고 한다는군요."

"'제1급' 말입니까."

"그렇습니다. 랭킹을 매겨서 위험도를 알기 쉽게 표현하는 거라고, 이리스가 존경하는 분이 말씀해주셨습니다. 참고로 이 위에 '특급' '전설급' '신화급'이라는 것이 있다고 합니다. 그것과 비교하면, 저희가 대응할 수 있는 재해라는 사실도 알 수 있겠죠."

"그렇군요! 역시 무녀님은 대단하십니다!"

정규군 대장은 고개 숙여 인사한 뒤에 영주의 방에서 나갔다.

이리스는 살짝 한숨을 쉬었다. 나기와는 지금도 메시지를 주고받고 있다. 주인님이 어떻게 움직이려는 건지가 걱정되지만, 이건 어쩔 수 없는 일이다. 오빠한테 이 도시는, 이 세계에서의 소중한 집이 있는 곳이다. 그리고 친구들도 걱정될 테니까, 움직일 수밖에 없겠지.

"나는…… 너를 차기 영주로 삼으려고 생각한 적이 있었다."

책상에 매달린 채로, 이르가파 영주가 말했다.

"결국, 분가에서 로이엘드를 양자로 맞이했지만— 너무 성급한 결정이었는지도 모르겠구나."

"아닙니다, 아버님은 옳은 판단을 하셨다고 생각합니다."

이리스는 옷자락을 살짝 들어 올리고, 아버지에게 고개를 숙였다.

그리고 마치 춤이라도 추는 것 같은 스텝으로 라필리아 옆으로 이동했다.

"이리스에게 이 영주 저택은 제 두 번째 집입니다. 진짜 집은 따로 있습니다. 영지와 영민보다 소중한 것이 있는 영주 따위

는, 주민들에게 폐가 될 뿐이겠죠?"

"그렇겠죠오."

이리스와 라필리아는 손을 잡고서, 웃었다.

"지금은 현실적으로 대처하도록 해요. 이 도시의 주민과 이리스의 소중한 사람들을 지키기 위해서."

그렇게 말하고, 이리스는 영주 방에서 나와 '재해 대책 본부'를 향해 걸어갔다.

나는 이리스가 보내준 정보를 모두에게도 전달했다.

시내에 침입한 마물은 '스톤 가고일'. 날개를 가진 석상이다.

비행 스킬을 지닌 마물이니까 설벽을 넘어서 침입했을 거라는 것이 이리스의 추측이었다.

하지만 '가고일'은 골렘의 일종이다. 자연 발생하는 것이 아니다. 그렇다면 누군가가 그것을 조종하고 있다는 뜻이 된다.

"아이네와 레티시아는 아직 안 돌아왔지?"

내가 묻자 세실이 고개를 끄덕였다.

"아직이에요. 식재료를 사러 시장에 갔는데……."

"가고일한테 습격당한 사람들을 봤다면, 레티시아 님이 가만히 계시지 않겠죠……."

"정의감이 강한 분이니까……."

리타와 커틀러스도 걱정하는 표정이다.

그렇게 되면——

"그럼 리타는 나하고 같이 레티시아와 아이네를 찾으러 가주겠어?"

"알았어. 찾으면 데리고 돌아올 거야?"

"아니."

나는 고개를 저었다.

"레티시아 성격을 보면 가고일이랑 싸우고 있거나 사람들을 도망치게 하고 있을 것 같아. 우리는 그걸 도울 거야. 세실은 '지팡이'를 준비해 둬. 적과 조우하면 메시지와 첨부 사진을 보낼 테니까."

"……첨부 사진을. 예, 알겠습니다!"

세실은 진지한 얼굴로 고개를 끄덕거렸다.

역시 세실이라니까, 내가 뭘 하고 싶은지 이해해준 것 같다.

"커틀러스는 세실의 호위를 부탁해."

"알겠지 말입니다. 저희는 어디에 있으면 될까요?"

"주위가 잘 보이고, 먼 곳까지 노릴 수 있는 곳에."

나는 그렇게 말했다.

세실과 커틀러스한테는 안전한 위치에서 지원해달라고 하자.

『발신 : 나기(수신 : 이리스)

내용 : 이리스한테 부탁. 그쪽으로 정규군 병사들이 어디로 가고 있는지 정보가 들어올 거야. 그걸 가르쳐 줘. 가고일의 위치를 알아내면 그것도.』

『발신 : 이리스(수신 : 오빠)

내용 : 오빠도 참──!! 무리하지 마시라고 했잖아요──?!』

야단맞았다.

그러면서도 시내 지도와 가고일의 출현 위치를 첨부 사진으로 보내줬다. 하지만 '나중에 벌을 주셔야 해요!'라는 메시지도 같이 보내왔다. 대체 왜.

"분명히 말해두는데, 무리는 하지 마."

작전을 설명하면서, 모두에게 그렇게 말했다.

"목적은 어디까지나 레티시아와 아이네의 구조야. 알겠지?"

"예. 나기 님."

"도시를 지키는 건 어디까지나 불가항력이니까."

"그냥 급한 불만 끄는 것이지 말입니다!"

짝, 짝, 하고 모두가 하이터치를 한 뒤에 작전 개시.

여기는 우리가 사는 곳이니까.

다음에 '해룡 케르카톨'을 만났을 때 혼나지 않을 정도는 지켜야겠지.

"레티시아의 무기는 '숏 소드'면 되려나?"

허리에 찬 가죽 주머니에서 예비 '숏 소드(나기용)'을 꺼내면서, 아이네가 말했다.

혼약 스킬 '누나의 보물상자'의 능력이다.

아이네의 가죽 주머니는 수수께끼의 공간과 연결돼 있고, 거기에는 애용하는 '강철 대걸레'와 나기의 예비 장비, 조리기구, 비밀리에 몰래 만들어 둔 아기 옷이 들어 있다. 시내에서 갑자기 전투가 벌어져도 당황하지 않고 대처할 수 있다.

"정말이지, 준비성도 좋군요."

"언니니까. 어떻게 모두를 도와야 할지, 항상 생각하고 있어."

아이네는 레티시아의 얼굴을 보면서 웃었다.

여기는 항구와 가까운 구역.

어패류를 사러 왔더니, 정신없이 도망치는 사람들과 마주쳤다. '마물이 나타났다'라는 소리가 들려서, 레티시아와 아이네는 재빨리 길가로 이동. 도망치는 사람들에게 길을 비켜주고, 마물의 모습을 찾고 있었다.

"……저기 있네요."

작은 집 지붕에── 기분 나쁜 그림자가 보였다.

날개와 갈고리발톱이 달린 마물 '스톤 가고일'이다.

크기는 성인 남성 정도. 뒤틀린 뿔과 긴 꼬리를 지녔다.

마물 중에서는 하급이지만, 무기가 없는 사람들에게는 충분히 위협적인 동네다.

"도시 성문이 깨졌다……."

"'해룡 케르카톨'의 가호는 바다에만…… 뭍의 마물에게는 통하지 않아."

"'해룡 축제' 때도 그렇고, 왜 이렇게 이상한 일들이······."

"진정해! 너희는 어서 영주님 저택 쪽으로 가서, 병사들에게 보호를······ 이봐, 그만두지 못해!"

현장에 있던 경비병이 소리쳤지만, 사람들은 듣지 않았다. 도와달라는 것처럼, 경비병에게 매달렸다.

"이봐, 이거 놓으라고! 이래서는 싸울 수가──"

"진정하세요! '해룡'의 가호를 받은 사람들이여!"

사람들 앞에 나서서, 레티시아가 소리쳤다.

"영주 저택 쪽으로 도망치세요! 그쪽에 병사들이 많이 있습니다. 여러분들을 지켜드릴 겁니다!! 위대하신 해룡 케르카톨의 가호를 받은 사람들답게, 차분하게 병사들의 유도에 따라주세요!"

레티시아의 씩씩한 목소리와 귀족의 정식 예의에 따른 행동은, 사람들을 움직이기에 충분했다.

공황상태에 빠질 뻔했던 사람들이, 일제히 영주 저택을 향해서 뛰어가기 시작했다.

"역시 레티시아는 대단해. 자작 가문의 위엄, 보통이 아니야."

하지만 친구의 손이 살짝 떨리고 있다는 것도, 아이네는 알아차렸다.

레티시아가 어떻게든 진정된 건, 아이네가 "나 군이 오고 있어"라고 말했기 때문이다.

"······아이네. 나기 씨는 정말로 오는 거죠."

"······응. 왜냐하면, 아이네가 여기 있으니까."

"부러울 정도의 신뢰군요…… 적, 옵니다."

『GYAAAAAA!!』

아이네와 레티시아, 그리고 경비병들을 위협하려는 것처럼 '스톤 가고일'이 울부짖었다.

삑―――――!! 삑삑빅!!

갑자기, 경비병이 나무 피리를 불었다.
"이, 이제 동료들이 올 거다. 다 같이 덤비면 네놈 따위는!!"
"뭐야~! 그런 건 멀리 떨어져서 하라고요! 적을 자극해서 어쩌자는 겁니까?!"
부웅.
레티시아와 아이네 쪽을 보고 있던 '스톤 가고일'이 경비병을 향해서 팔을 휘둘렀다.
그 팔에 맞은 병사는 건물에 격돌했고, "크헉" 소리를 내고는 기절했다.
"경비병분은 동료들을 부르러 가줬으면 싶었는데……."
"이래서는 위험하겠어."
멀리서, 날갯짓하는 소리가 들려왔다.
피리 소리가 다른 경비병들에게 전해졌는지도 모른다. 하지만, 가고일의 움직임이 더 빨랐다. 여기 있는 것까지 포함해서

총 6마리의 가고일이, 아이네와 레티시아를 둘러싸는 것처럼 땅으로 내려왔다.

"……아이네한테는 '마력 봉술'이 있어. 그건 대걸레를 마법 무기로 만들어주니까, 가고일한테도 유효할 거야."

"……하지만 포위된 상태에서는 싸울 수가 없어. 뒤쪽에서 공격당하면 끝이니까."

"……나 군이 준 스킬은?"

"……그 스킬 말인가요?"

레티시아는 가슴 중심을 건드렸다.

나기가 아까 만들어준 치트 스킬은 두 개 모두 인스톨했다. 쓰러진 경비병 말고 다른 사람은 없는 것 같으니까, 이 스킬을 써도 눈에 띄지는 않겠지.

받자마자 이걸 쓰는 건, 친구(나기 씨)한테 지는 것 같아서 분하지만——

"좋아요. '특수기가 강한 캐릭터'의 힘, 보여드리도록 하죠. 아이네는 그동안에 공격을."

"알았어!"

"왜 그렇게 기뻐하는 거죠?!"

"레티시아가, 나 군이 준 스킬을 써주니까."

그렇게 말하고, 아이네는 미소를 지었다.

"솔직히 레티시아, 나 군을 좋아하잖아?"

"제 '좋아하는' 건, 아이네 일행하고 다릅니다!"

말하면서, 레티시아는 땅을 박찼다.

레티시아의 움직임을 눈치챈 가고일들이 퇴로를 막으려는 것처럼 이동했다. 모든 가고일의 주의가 레티시아에게 집중되었을 때──

"발동! 『강제 예절(매너 기아스) LV1』!!"

레티시아는 롱 소드를 던지고, 멈춰섰다.
그리고 허리를 곧게 펴고, 인사를 했다.

"'안녕하십니까! 레티시아 미르페입니다!!'"

『갸갸가가! 갸-고이그데규?!』

레티시아가 인사하는 모습을 본 '가고일'의 움직임이 딱, 하고 멈춰버렸다.
일제히 땅에 내려와서 한 줄로 섰다.
이어서 '이거 참 정중하시기도 하군요'라는 느낌으로, 가고일들이 고개를 숙였다.

『강제 예절(매너 기아스) LV1』(R)
『예의』로 『적의 움직임』을 『정돈하는』 스킬.
이쪽이 예의 바르게 행동해서 상대에게 예의를 강요하는 스킬.
스킬을 발동하고 인사를 하면, 상대는 바른 자세로 정렬해서 답례할 수밖에 없는 상태가 돼버린다.

이것은 레티시아가 가지고 있던 『예의 작법 LV4』와 커틀러스가 사온 『포박 LV1』(『로프』로 『적의 움직임』을 『억제한다』)를 조합한 치트 스킬이다.

나기는 '추적자의 발을 묶는 데 도움이 된다'고 했는데, 설마 이 정도로 효과가 있으리라고는 생각도 못 했다.

"아이네! 지금입니다————!!"

"발동! 『마력 봉술 LV1』!!"

퍼억!!

일렬로 늘어서 있던 '가고일'의 배에, 아이네가 '강철 대걸레' 자루를 찔러넣었다.

'마력 봉술'은 봉 모양의 물건이라면 뭐든지 마법 무기로 바꿔준다. 게다가 관통 대미지까지 능력까지 붙어 있어서, 마력을 적의 몸속으로 때려 넣을 수 있다.

『GUOOOOOOOOAAAAA————?!』

쿠웅, 하고. 6마리의 가고일이 옆으로 날아가 버렸다.

일렬종대로 줄지어서 딱 붙어 있던 '가고일'.

아이네의 마력은 그 측면에서, 6마리를 전부 꿰뚫어 버린 것이다.

"한동안 못 본 사이에 더 비상식적인 존재가 돼버렸군요, 아이네!"

"레티시아도 남 말 할 때가 아니잖아."

"제 스킬은 '필살기'가 아니라 '특수기'니까요. 비상식의 정도를 따져보면 당해낼 수가 없습니다."

등을 맞대고 경계하고 있는 레티시아와 아이네는, 서로 대담한 미소를 지었다.

가고일 중에 두 마리는 두 팔이 부서져 버렸다. 나머지 네 마리도 몸통에 금이 가 있기는 하지만, 행동에는 문제가 없는 것 같다.

가고일들은 아이네와 레티시아를 완전히 적으로 간주한 건지, 이를 드러내고서 짖어대고 있다.

레티시아의 '강제 예절'은 사용할 때마다 마력을 소비한다. 앞으로 두 번이 한계겠지. 아이네도 이번 일격에 마력을 거의 다 때려 넣었다.

"하지만, 궁지에 몰렸다는 기분은 전혀 없군요."

"시간은 충분히 벌었어."

도시 주민들은 도망쳤으니까 슬슬 퇴각해도 되겠지만, 그럴 필요성이 전혀 느껴지지 않았다.

왜냐하면 그녀들의 파티에는, 기척 탐지와 고속 이동 능력이 뛰어난 동료가 있으니까.

『GUAAAAAA!!』

'가고일' 한 마리가 날아올랐다.

아이네와 레티시아를 노리고, 급강하하려고 했—— 는데,

"내 동료들한테—— 손대지 마!!"

까아아아앙!!

지붕 위에서 날아오른 금발 소녀(리타)의 발차기가, 가고일의 날개를 부러트려 버렸다.
가고일은 그대로 지상으로 낙하했고, 움직임이 멈췄다.

"휘두르기는…… 다섯 번이면 되려나. 발동! '지연 투기(딜레이 아츠)'!!"

움직임을 멈춘 '스톤 가고일'을, 거대한 검은 칼날이 날려버렸다.
칼을 휘두른 사람은──

"나기 씨!" "나 군!"

이제 괜찮아.
레티시아와 아이네의 가슴에, 신기할 정도로 안도감이 밀려왔다.
친구이자 주인님의 모습을 보면서, 두 사람은 안도의 한숨을 쉬었다.

──나기 시점──

"남은 가고일은 다섯 마리인가."

나는 마검 레기를 휘두르면서 '스톤 가고일'을 쳐다봤다.

"그럼 리타, 예정대로."

"알겠습니다. 에잇~!"

리타가 적을 향해서 빛나는 것을 집어던졌다.

공격이라고 생각했겠지. '가고일'은 그것을 쳐서 땅바닥에 떨어지게 했다. 리타가 던진 것은 마법 '등불(라이트)'를 끝에 달아 놓은, 평범한 나무 막대였다. 막대는 부러졌지만, 등불은 꺼지지 않고 '가고일'의 발밑에서 빛나고 있다.

좋았어, 일단 제1단계 클리어.

『GYAGYA, GYA!!』

"주인님네 집이 있는 도시를 어지럽히는 놈은, 절대로 용서하지 않을 거야!!"

리타는 화려한 풋워크로 적을 끌어들였다.

나는 리타가 싸우고 있는 놈을 보면서, **사진을 찍었고**, 전송했다.

"리타, 먼저 그놈을 노린다. 떨어져!!"

"예. 주인님!!"

리타는 '스톤 가고일'의 몸통을 걷어차고, 이탈.

피슝.

그 직후, 쓰러진 가고일의 발밑 땅바닥에, 검은색 빛의 탄환이 떨어졌고── 터졌다.

나는 바로, 그 순간의 풍경을 촬영.

『발신 : 나기(수신 : 세실)

　내용 : 조준 보정. 위로 세실의 팔 2개만큼. 왼쪽으로 1개만큼. 사진을 첨부할게.』

다음 발사까지는 대략 8초.

나는 마검 레기를 휘둘러서 적을 위협했다. 세 번 휘둘렀을 때, 세실한테서 다시 메시지가 들어왔다. '스톤 가고일'한테서 떨어지라고── 온다. 이번에는 지근거리에 착탄. 다시 한번 조준 보정 메시지를 보냈다. 세 번째 탄환이── 완전히 명중하는 코스로 날아왔다.

검은색 빛의 탄환── '진·성장 노이엘트'로 압축해서 **위력과 사정거리를 강화한** '타력의 화살'이.

피슝!!

『GIYAAAAAAAAAA!!』

좋았어, 명중.

세실이 발사한 '압축마법·타력의 화살'은 '스톤 가고일'의 가슴에 명중. 마력을 빼앗긴 적은 움직임이 완전히 멈춰버렸다.

한 마리 파괴.

"지금 그건…… 예의 '마력을 빼앗는 화살'인가요? 그런데, 위력이……."

"음~ 뭔가, 이거저것 했더니 세졌어."

"잠깐 못 본 사이에 대체 얼마나 '치트 캐릭터'가 된 건가요?!"

레티시아는 '타력의 화살'이 날아온 방향을 봤다. 세실의 모습을 찾고―― 발견하고, 깜짝 놀랐다.

당연하겠지. 세실은 일반적인 '타력의 화살' 사정거리에서 몇 배나 떨어진 건물 지붕 위에 있다. 엎드려 있으면 어디 있는지도 거의 알아차릴 수 없고.

작전은 단순하다.

『의식 공유 · 개량형』은 내가 보고 있는 풍경 그 자체를 스크린샷으로 기록할 수 있다. 적의 현재 위치도, '타력의 화살'의 착탄지점도 기록해서 실시간으로 동료에게 보낼 수 있다.

그 뒤에는, 그걸 본 세실이 조준을 보정하기만 하면 된다. '스톤 가고일'의 발밑에 던져놓은 '라이트'가 달린 막대는, 세실을 위한 표식이다.

세실과 커틀러스를 높은 곳에 배치한 건, 사선을 확보하기 위해서.

커틀러스는 그 옆에서 세실의 호위와 주위의 안전을 확인하고 있을 테고.

"즉, 이번 작전은 저격이야."

그렇게 멀리 떨어진 건 아니니까, 정확히 말하자면 '저격 비슷한 공격'이지만.

"알기 쉽게 말하자면 내가 저격용 스코프를 대신하고, 착탄 관측수 역할도 한다는 느낌이려나?"

"나중에 천천히 얘기해 줬으면 싶군요, 라는 건 확실히 알았어요!"

나와 레티시아는 달려나갔다.

남은 적은 네 마리. 하지만 나와 레티시아가 합류한 시점에서 승부는 이미 결정됐다.

"레티시아, 그 스킬은 더 쓸 수 있어?"

"물론이죠!"

"그럼, 자작 가문의 예의를 보여주겠어?"

"좋습니다! 잘 보도록 하세요!"

레티시아는 '스톤 가고일' 앞에 멈춰 서더니, 차려 자세를 했다.

"발동 '강제 예절(매너 기아스)'! '다시 한번 인사드립니다! 안녕하십니까? 레티시아 미르페입니다!'"

『갸————!』

이렇게까지 두려움을 사는 인사가, 지금껏 또 있었을까.

'스톤 가고일'은 '싫어, 싫다고!'라는 것처럼 고개를 젓고 있다. 여기서 움직임을 멈추고 정렬하는 건 자살행위라는 걸, 저놈들도 알고 있겠지.

하지만 가고일들은 '강제 예절'에 저항하지 못했다.

'스톤 가고일' 네 마리는 일렬횡대로 늘어섰고, 돌로 된 몸을 굽혀서 레티시아에게 답례했다.

거기에 '압축마법 · 타력의 화살'이 작렬.

피슛, 피슈슛!

세 발 명중. 그리고 '스톤 가고일' 세 마리가 무너져 버렸다.

"……역시…… 이건 마력을 많이 소모하는군요……."

"레티시아는 물러나. 나머지는 리타와 내가 어떻게든 할 테니까."

──내가 그렇게 말한 순간, 세실한테서 메시지가 들어왔다.

『발신 : 세실(수신 : 나기 님, 주인님)

내용 : 병사들이 그쪽으로 가고 있어요. 이르가파 정규군은 아니에요. 어딘가, 낯선 사람들이…….』

"전원 철수!!"

세실의 메시지를 수신한 순간, 그렇게 외쳤다.

메시지에는 첨부 사진이 들어 있었다. 다가오는 병사들의 모습이다. 상당히 강해 보이는데.

『발신 : 나기(수신 : 세실)

내용 : 세실은 커틀러스랑 같이 골목길을 따라 도망쳐. 합류

지점은──」

"당장 여기서 벗어나자. 살벌한 놈들이 이리로 오고 있어."

우리는 가까운 골목으로 뛰어들어갔다. 뛰어가면서, 설명했다.

커틀러스가 '스톤 가고일'과 싸우는 병사들을 발견했다는 것. 그걸 본 세실이 『의식 공유 · 개량형』으로 사진을 보내줬다는 것. 그것이 치트 급으로 강한 놈들이라는 것까지.

"어떤 사람들이야? 나기."

"도끼가 달린 창── '핼버드'로 가고일을 마구 잡고 있었어."

항구도시 이르가파의 정규군 병사들과 전혀 다른, 금색 갑옷을 입고 있었다. 등에는 커다란 방패를 짊어졌고, 손에는 두 손으로 잡는 핼버드를 장비. 갑옷에는 흠집 하나 없고, 호화로운 장식이 달린 투구를 쓰고 있었다. 페이스 가드를 내려서 얼굴은 보이지 않았다. 하지만 하나같이 팔다리가 유난히 굵직하고 체격이 좋은 사람들이었다. 핼버드를 가볍게 휘둘러서 가고일을 압도하고 있었다. 돌로 된 마물을 간단히 부숴 버리는 걸 보면, 강화(인챈트)된 마법 무기겠지.

그리고 내가 제일 경계한 건, 커틀러스가 들었다는 고함소리였다.

지금도 멀리서 들려오는, 저거다.

"""자애로운 공주님의 이름으로!!"""

"""질서를 어지럽히는 자를, 우리가 완전히 해치운다!!"""

나타난 자들은 금색 갑옷을 입은 집단.

병사 한 사람이 발밑에 있는 것을 걷어찼다. 무거워 보이는 회색 물체. '가고일'의 머리다.

『GYAAAAAAAA!!』

그걸 보고 겁을 먹었는지, 살아남은 '가고일'이 벌벌 떨었다.

""""각오하라! 질서를 어지럽히는 마물이여!!""""

전투가 시작됐다.

병사들의 함성에 맞춰, 우리는 다시 달려나갔다.

제5화 「기쁘지 않은 호출과 억지 권유」

"라란벨 엘른기어가, 공주님께 아뢰옵니다."

이곳은 항구도시 이르가파에서도 제일가는 고급 주택가.

귀족의 별장 등이 줄지어 있는 구역의, 어느 저택 안.

넓은 방의 바닥에 금색 머리카락의 소녀—— 라란벨 엘른기어 남작 영애가 무릎을 꿇고 있었다.

"시내를 덮쳐온 마물은 공주 전하 직속 병사들이 쓰러트렸습니다. 이곳 주민들도 공주님의 자애에 감사하겠지요."

그녀는 고개를 숙인 채, 상기된 목소리로 고했다.

"그래요."

'자애로운 공주' 클로디아 리그나달이 대답했다.

그녀가 걸치고 있는 옷은 연홍색 실내복.

목까지 단추를 잠그고 허리를 곧게 편 채, 그녀는 손에 든 양피지를 보고 있었다.

"시내의 피해는?"

"부상당한 자가 몇 명. 큰일은 없었다는 것 같습니다. 이것도 전부 공주님의 힘 덕분이옵니다."

"사후 승낙으로 병력을 움직였는데."

클로디아는 한숨을 쉬었다.

"'항구도시 이르가파' 분들은 이해해 주시려나."

"아아, 이 얼마나 상냥하신가요."

라란벨은 감격했다는 것처럼 가슴을 움켜쥐었다.

"본인의 병사들을 사용하고, 백성들의 마음까지 신경 쓰시다니. 이 라란벨, 감격했습니다."

"너무 그러지 마세요. 라란벨."

그렇게 말하고, 클로디아 리그나달은 양피지 위에 펜을 놓렸다.

양피지에는 항구도시 이르가파를 공격한 '가고일'의 숫자와 그것을 쓰러트리기 위해서 보낸 병사들의 숫자. 그리고 항구도시 이르가파의 인구까지 적혀 있다. 그걸 통해서 자신이 구한 사람들의 숫자를 계산하고, 기재하고, 마지막으로 서명했다. '자애의 이름으로. 클로디아 리그나달'이라고.

"라란벨. 당신은 제 학우입니다. 제가 성과를 올리고 아버님께 도움이 되는 입장이 됐을 때는, 곁에서 저를 도와주시도록 하겠습니다."

"황송할 따름입니다."

"또 그런 소리를."

의자에 앉아서, 무릎을 똑바로 모으고, 클로디아는 라란벨을 내려다봤다.

라란벨을 고개를 들지도 못했다. 학우가 된 뒤로 꽤나 시간이 지났지만, 그녀의 태도는 여전히 충실한 신하였다.

클로디아는 부족하다고 생각했다. 라란벨은 같이 '왕가의 방식'을 배우는 자이기도 했다. 자신을 섬기는 건 좋지만, 거기서 끝나서는 안 된다. 좀 더 이쪽의 뜻을 알아차리고 움직여 줘야만 하는데.

"저는 클로디아 전하의 곁에서야말로, '귀족의 정의'를 실현할 수 있다고 생각합니다."

라란벨은 고개를 숙인 채, 말했다.

"전하가 백성들에게 '자애'를 보이는 것을 통해, 모든 백성이 전하는 숭배하게 되기를 바라 마지않습니다. '왕과 귀족은 옳으므로 옳다'── 그것을 백성들에게 주입하는 데 있어, 전하야말로 최고의 적임자입니다."

"그렇다면, 더더욱 자애를 보여야겠군요."

클로디아는 손에 든 양피지를 넘겼다.

거기에는 백성들이 보내온 감사의 말이 적혀 있었다.

양피지 다발은 지금까지 클로디아가 '자애'를 베풀어서 도와준 자들이 보낸 감사장이다. 일반 민초들이 보낸 것도 있다. 귀족이 적은 것도 있다. 가장 기쁜 것은 클로디아를 따르면서 '자애'를 보이게 된 자들의 말이다.

그 모든 것들이, 클로디아에게는 상과도 같은 것이었다.

"새로운 학우도, 이해해 줄까요."

갑자기 생각났다는 것처럼, 클로디아가 말했다.

"미르페 자작 가문의 장녀, 였죠. 당신이 추천한 '학우'는."

"그녀에게는 클로디아 전하의 자애를 이해할 수 있도록 교육할 필요가 있습니다. 저는 잘못된 정의를 믿는 그녀가 너무나 불쌍합니다. 전하의 힘으로, 그녀를 올바른 귀족으로 만들어주십시오."

"알겠습니다. 그럼, 이것을."

클로디아는 양피지를 말고, 봉했다.

이어서 책상 위에 놓아뒀던 은색 상자를 집었다. 그녀는 눈을 감고, 그 상자를 이마에 대고는 작은 소리로 중얼거렸다.

"――또 한 사람의 나여. 사람들을 이끌도록 하여라. '귀족의 정의'의 이름으로."

같은 말을 세 번 되풀이한 뒤에, 클로디아는 상자를 열었다.

내용물을 확인한 뒤에, 양피지와 함께 라란벨에게 건넸다.

"또 한 사람의 나에게, 그것들을 건네도록 하세요."

"알겠습니다."

"그럼, 가도록 하세요. 제 학우 라란벨. 사람들에게 자애를 보이기 위해."

"예"

라란벨은 일어나서 고개를 깊이 숙였다.

그녀가 종종걸음으로 자리를 뜬 뒤에, 클로디아는 다시 한숨을 쉬었다.

책상 위에 늘어놓은 양피지―― 그녀의 도움을 받은 이들의 말을 늘어놓고. 헤아렸다.

"……부족해. 아직 부족해."

머릿속에 형제자매의 얼굴이 떠올랐다.

그들도, 그녀들도 각자 귀족을 '구하고' 있을까. 방심해서는 안 된다. 자신의 사명도, 맡은 것도, 그녀의 지위를 보장해주는 것은 아니다.

왕자와 왕녀는 강한 힘을 지녔다. 그것은 강한 책임이 따른다는 것을 의미한다.

"……왕가에 속한 자라 해도, '제8세대 용사'는 봐주지 않아."

클로디아는 입술을 깨물었다.

왕가의 인간이라 해도, 그들에게서는 도망칠 수 없다. 그들의 토벌대상이 됐을 때의 일을 상상하면, 공포가 머릿속을 가득 메운다. 아무리 강력한 부하를 고용해도 사라져 주질 않는다. 불안과 짜증이 머릿속에 떠올라서, 그녀는 자기도 모르게 책상을 긁었다.

"자애로운 공주가…… 생생한 감정(스트레스)을 드러내서는 안 돼. 그것은 또 하나의 나── 그녀의 역할. 지금은…… 그녀의 성과를 기대하며…… 기다리도록 하죠."

클로디아는 자세를 고쳐서 앉고, 몸에서 힘을 뺐다.

커튼을 열고 저녁 무렵의 시가지를 바라봤다. 창 너머로 바다가 보인다. 저 바다 어딘가에 '해룡 케르카톨'인가 하는 것이 있고, 이 도시를 수호해 주고 있을 것이다.

"……만나보고 싶군요. 해룡인가 하는 것을."

인간 세상을 움직이는 것은 결국 왕과 귀족. 해룡도 언젠가는 시대 속으로 사라져 버릴 존재일 뿐이다. 그러므로 클로디아는 일하고 있다. 용이 없는 시대를, 왕과 귀족이 지배하기 위해서.

라란벨은 일을 잘 해주겠지. 지금까지 그래왔던 것처럼.

"잘 부탁합니다. 라란벨 엘른기어. 그리고── 나."

클로디아는 책상 서랍에서 은색 상자를 꺼냈다.

아까 라란벨에게 건넨 것과 같은 상자다. 뚜껑을 열었더니 안에 들어 있는 것은 은색 가면. 클로디아는 그것을 쓰고, 눈을 감았다.

　잠시만 꿈을 꾸자.

　한때나마 입장을 잊고, 다른 자신이 될 수 있는 꿈을.

──나기 시점──

우리가 현장을 떠나자마자 이리스한테서 메시지가 들어왔다.

『발신 : 이리스 (수신 : 오빠)

　내용 : 지금 단계에서 알아낸 것을 전하겠습니다.

　항구도시 이르가파에는 현재 '제1급 재해 경보'가 발령됐습니다.

　해제될 때까지 모든 성문을 닫고, 항구도 봉쇄합니다.

　가고일이 어디에서 들어왔는지는 아직 알아내지 못했습니다.

성벽 위에서 순찰하던 병사에게서도 마물이 벽을 넘어왔다는

보고는 들어오지 않았습니다. 현재 담당자를 늘려서 조사 중입

니다.』

『발신 : 나기 (수신 : 이리스)

　내용 : 신경 쓰이는 점이 있어. 우리가 '스톤 가고일'과 싸운

뒤에, 금색 갑옷을 걸친 병사들이 나타났어. 클로디아 공주의 관계자인 것 같아. 뭔가 정보가 들어오면 가르쳐줘.』

나는 메시지에 답장을 보냈다.

이제 이리스한테서 정보가 오기를 기다릴 뿐이다.

"……여행에서 돌아오자마자, 갑자기 시내에서 전투를 벌이게 될 줄은 몰랐는데."

나는 한숨을 쉬었다.

여기는 영주 저택 앞에 있는 큰길.

정규군 병사들이 잔뜩 모여 있는 탓인지, 사람들의 피난소처럼 되어 있다. 다들 땅바닥에 앉아서, 마물이 어디서 나타났는지에 대해서 이야기를 나누고 있다.

"소개 파티까지는 진정됐으면 좋겠는데 말이야."

나도 바닥에 앉은 채로, 말했다.

"사실은 파티 전에 기분 전환을 하기 위해서, 다 같이 피크닉을 가려고 했었는데."

"피크닉, 말인가요?" "그런 생각을 했어? 나기." "왜 말을 안 했어, 나 군."

반응 참 빠르네!

세실, 리타, 아이네가 무릎으로 서서는 좌좌좌좍, 하고 다가왔다.

레티시아는 세 사람 뒤에서 쓴웃음. 커틀러스는 "피크닉이라는 게 뭐지 말입니다?"라면서 고개를 갸웃거리고 있다. 기사 공부만 해서 이런 지식은 없는 것 같다.

"……한번 해보고 싶었거든. 가족 피크닉이라는 걸."

원래 살던 세계에서는 해본 적이 없으니까.

"예를 들자면, 마음을 놓을 수 있는 곳에서, 바닥에 돗자리를 깔고, 도시락을 먹고, 다 같이 데굴데굴하는…… 잠깐, 뭐야 세실. 이리스한테 메시지는 안 보내도 돼. 이리스가 읽으면 조사는 팽개치고 피크닉 준비를 시작할 테니까."

"……다, 다 보고 계시는군요. 나기 님."

"손가락으로 손바닥에 글씨를 쓰고 있었잖아."

"주인님의 바람을 이뤄드리는 것은 노예의 역할이에요. 나기 님이 '느긋한 피크닉'을 바라신다면, 저는 목숨을 걸고서라도 그걸 이뤄드릴 뿐이에요!"

"뭐야 그 살벌한 피크닉은…… 잠깐, 리타랑 아이네도. 짐 챙기러 집에 가려고 하지 않아도 되니까."

나는 일어나려던 리타와 아이나를 불러세웠다.

무엇보다 이쪽 세계에는 돗자리 같은 게 없으니까. 융단을 바깥에서 까는 건 왠지 아깝고…… 낡은 홑이불이라도 깔면 되려나.

"방심했군요. 나기 씨."

레티시아가 입을 가리고서 웃고 있다.

"주인님의 바람이니까요. 여러분이 필사적으로 이뤄주려고 하는 건 당연한 일인데."

"……으음."

"후훗. 삐친 표정의 나기 씨도 신선하군요. 앞으로, 가끔 이야깃거리로——"

"저기~. 피크닉 당일에 레티시아가 집 지키는 당번 해주겠대."

"""고맙습니다!!"""

"데려가 주세요. 올 겁니다!!"

눈물을 글썽이며 날 쳐다보는 레티시아.

정말이지, 외톨이가 되는 데 너무 약하다니까. 레티시아는.

"아무튼, 피크닉이란 건, 필사적으로 준비하는 게 아니니까."

나는 모두를 진정시킨 뒤에 말했다.

"사실은 다 같이 느긋하게 데굴데굴할 수만 있으면, 장소는 어디건 상관없어. 집에 돗자리를 깔고 해도 되니까. 사건이 정리되면 생각해보자."

"……예. 나기 님." "알았어~." "어쩔 수 없네." "그때까지 '피크닉'을 익히도록 하겠지 말입니다." "저도 가겠습니다. 꼭 갈 거니까!!"

다들 이해해 준 것 같다.

……그런데, 어라?

"……하으……."

한숨을 쉰 세실이 털썩, 하고 바닥에 주저앉았다.

얼굴이 빨개졌네. 흥분해서 그런 줄 알았는데…….

"세실. 혹시 피곤해?"

"아, 아뇨아뇨. 아뇨. 전혀 아니에요."

"그렇구나. 그럼 스테이터스를 보면 세실의 모든 것을——"

"죄송해요 나기 님. 피곤해요!"

솔직해서 좋아요.

세실은 아까 '진·성장 노이엘트'로 압축마법을 사용한 탓에 마력을 소비했다. 장거리 저격은 처음이었으니까, 상당히 긴장되기도 했겠지. 그 탓에 많이 피곤해졌을 테고.

"아이네…… 이쪽으로."

"예. 세실은 아이네가 돌보…… 나, 나 군."

"응. 아이네도 조금 뜨겁네."

아이네의 이마에 손을 대보니 살짝 땀이 배 있었다.

'스톤 가고일'을 상대로 '마력 봉술'을 사용한 탓인가. 아이네도 쉬게 해주는 게 좋겠네.

"그럼 리타. 미안하지만 세실이랑 리타를 집에 데려다줘."

"……에~." "우~…… 야."

세실도 아이네도 삐치지 말고.

두 사람 모두 '스톤 가고일'과 싸우느라 마력을 소비했으니까, 쉬어서 회복해야지.

"사실은 레티시아도 집에 돌아가 줬으면 싶지만……."

"전 귀족이니까요. 이 사건에 대해서 알아야 할 의무가 있습니다."

레티시아는 로브의 후드(아이네가 '언니의 보물상자'에서 꺼낸 변장용)를 깊이 눌러쓰고 있다. 눈을 감고, 심호흡했다. 이 자리에서 회복하려는 것 같다. 고집쟁이 같으니.

"알았어. 난 금세 돌아올 테니까."

리타는 걱정하는 표정이기는 했지만, 고개를 끄덕였다.

"무리하지는 마. 나기, 레티시아 님, 커틀러스."

그렇게 말하고, 리타는 세실과 아이네를 데리고서 집 쪽으로 갔다.

이 자리에 남은 사람은 나와 레티시아와 커틀러스 세 사람.

쉬고 싶은 마음은 굴뚝같지만, 조금 더 정보를 손에 넣고 싶다.

"——너도 봤냐? 그 금색 병사들."

"——대단했지?! 역시나 자애로운 공주님의 사병이라니까."

"——그런데, 그 가고일은 어디서 왔지? 영주님의 견해가 궁금하네……."

이러고 있으면, 주민들이 이야기하는 소리가 들려오니까.

우리가 싸웠던 것 말고 다른 '스톤 가고일'들은 시장에 나타났다는 것 같다. 그놈들이 노점을 파괴하고 사람들을 공격하고 있을 때, 금색 병사들이 도와주러 왔다는 것 같다.

금색 병사들은 '핼버드'로 가고일의 팔다리를 토막 낸 뒤에 '자애로운 공주님의 이름 아래 악은 쓰러졌다'라고 선언했다던가.

그 뒤에 이르가파의 병사들이 분 피리 소리를 듣고, 우리 쪽으로 온 것 같다.

"공주님은 가도에 언데드가 나왔다는 이야기를 듣고, 병사들을 불러들이셨다는 것 같군요."

이야기의 내용을, 레티시아가 보충해서 설명해 줬다.

"금색 병사들이 도착하기 전에 누군가가 언데드 군단을 모조리 없애버린 탓에 활약할 기회가 없었다고 하는군요. 예, 이름도 모르는 누군가가."

"우와~ 대단하다~ 대체 누굴까~"

"정말 짐작도 못 하겠네요~."

"저도 전혀 모르겠네요~."

우리는 얼굴을 마주 보면서 웃음을 터트렸다.

"그나저나 아쉽게 됐군요, 커틀러스 양."

"흐에?"

"이 자리에 클로디아 공주님이 계셨다면, 그 모습을 뵐 수 있었을 텐데."

"예? 아? 예. 그렇지 말입니다."

갑작스런 질문에 당황하면서, 커틀러스가 고개를 끄덕였다.

"공주님을 못 뵌 건 아쉽지만, 그래도…… 저는 공주님이 무섭기도 했지 말입니다."

"무섭, 다고요?"

"왕가가 지닌 힘을, 노골적으로 보여줬지 말입니다."

커틀러스는 살짝 떨고 있었다.

그 이유는 나도 대충 알 것 같다.

'리그나달 왕가'는 다른 세계에서 내방자들을 불러들일 수 있다.

그 왕가의 일원인 공주의 병사들은, '스톤 가고일'을 간단히 쓰러트릴 수 있고.

"……그런 힘을 보여준 게, 조금 무섭지 말입니다. 왕가의 공주라는 건…… 저런 존재인가 싶기도 해서 말입니다……."

"괜찮아. 왕가랑 엮이는 건, 아마 이번이 마지막이 될 테니까."

나는 떨고 있는 커틀러스의 어깨에 손을 얹었다.

"……주공."

"……………정 안된다 싶으면, 물리적으로 '왕가와 엮이는 건 마지막'으로 만들어 버릴 테니까(소근)."

"뭘 하시려는 거지 말입니까?! 주공, 눈빛이 이상하지 말입니다."

솔직히, 나도 왕가한테는 좋은 기억이 없으니까 말이야.

그쪽에서 적대시하지만 않는다면, 나도 어떻게 할 생각은 없지만.

"해룡의 가호를 받은, 이르가파의 주민들에게 고한다!"

한참 지나서, 영주 저택의 정문이 열리고 병사 몇 명, 그리고 집사 같은 사람이 나왔다.

"도시를 습격했던 '스톤 가고일'은 자애로운 공주님 클로디아 전하의 협력에 의해, 전부 쓰러트렸다. 다들 안심하고 집으로 돌아가도록!!"

오오~ 하는 환호성이 터져 나왔다.

"'스톤 가고일'이 시내에 침입한 이유에 대해서는 현재 조사 중이다. 확인되는 대로 발표하도록 하겠다. 또한, 다시는 이런 일이 없도록 경비를 강화할 예정이며——"

일단 도시의 혼란은 수습됐다는 얘기겠지.

"……슬슬 가자. 자세한 정보는 이리스가 가르쳐 줄 테니까."

나는 레티시아와 커틀러스에게 눈짓을 하고, 이동을 시작했다.

인파를 빠져나와, 골목길에 들어서려고 했을 때.

"그리고── 클로디아 공주님으로부터 이번 일에 대하여, 귀족분께 이야기하고 싶다는 요망을 전해 오셨습니다!! 이는 실로 명예로운 일입니다. 이 자리에 귀족분이 계신다면 앞으로 나와 주시겠습니까?!"

영주 가문 집사분의 말이, 우리 발을 멈추게 했다.

고개를 돌려보니 한 남성이 손을 드는 모습이 보였다. 검은 옷을 입은 호위들이 둘러싸고 있는 저 사람도 귀족인가. 일반인들 사이에 섞여서 피난하던 중인 것 같다.

"……일이 귀찮아졌군요."

레티시아가 복잡한 표정을 지었다.

"저는 자작 가문의 대리로서 이 도시에 왔습니다. 호출받으면 가야만 합니다. 상대는 왕가의 공주님이고, 도시를 구한 분이니까요……."

"게다가, 호출하는 이유가 나름대로 이치에 맞으니까……."

"마물의 습격에 대해, 그것을 물리친 공주님으로부터 하실 말씀이…… 라는 이유죠……."

"그걸 거절하면 나쁜 사람이 되겠네……."

레티시아는 한숨을 쉬고, 고개를 끄덕였다.

"레티시아는 '자애로운 공주님'을 만나고 싶지 않은 거야?"

"'학우' 문제가 있으니까요. 여기서 클로디아 공주님과 엮이면 돌아오지 못하게 될 가능성이 있습니다. 그렇게 되면 나기 씨네와의 약속을 지킬 수 없게 되고."

"그렇구나. 그럼, 이번엔 병결인 걸로 해두자고."

""…………예?""

"레티시아 미르페는 '스톤 가고일'과 싸우다 다쳤다. 현재 치료 중이기 때문에 모습을 드러내고 싶지 않다. 그런 편지를——내가 보낼게."

직접 '자애로운 공주님'과 만날 수는 없겠지만, 상대가 어떻게 나오는지를 알아볼 수는 있다.

그 뒤에 다시 '차기 영주 소개 파티'에 출석할지에 대해서 정하면 된다.

——그렇게, 레티시아와 커틀러스에게 설명했다.

"그렇게 부탁드리겠습니다."

레티시아는 후드를 다시 눌러쓰면서, 말했다.

"혼란스러운 상황이니까요. 이번 사건에 대해, 자세한 일을 알게 될 때까지는 정보 수집에만 집중하는 쪽이 좋을 것 같군요."

"저도 찬성이지 말입니다."

커틀러스도 손을 들고서 찬성해 줬다.

우리는 조용히, 골목길로 이동했다.

곧장 집으로 가면 눈에 띄니까, 멀리 돌아가는 길로 가자.

그렇게 생각했더니——

"어머나, 세상에. 이런 우연도 있군요."

눈앞에, 사람이 나타났다.

골목길 중앙에, 노란색 머리카락의 소녀가 서 있다.

레티시아가 작은 소리로 속삭였다. "라란벨 남작 영애입니다"
라고.

어제 이름을 들었었지. 저 사람이 레티시아를 '학우'로 만들고
싶어하는 소녀인가.

"이거이거, 레티시아 미르페 님. 이런 곳에서 만나뵙게 될 줄
이야."

라란벨 엘른기어는 치맛자락을 집어서 들어 올리며 인사했다.

"오늘은 정말 큰일이었습니다. 라란벨 님."

레티시아는 그녀와 거리를 둔 채로 말했다.

"저는 '스톤 가고일' 이야기를 듣고는 마음에 걸려서 이렇게
와봤습니다. 라란벨 님도?"

"아니요. 어떤 분의 지시로, 여기에."

라란벨이 말했다.

"귀족분을 데려오라는 부탁을 받았거든요. 부디, 레티시아 님
도 같이 가시죠."

"정말 죄송하게도, 저는 병결하도록 하겠습니다. 몸이 좋지가
않아서 말이죠. 콜록콜록."

레티시아는 기침을 했다.

"인사는 다음에 하겠습니다. 그럼, 평안하시길⋯⋯."

레티시아는 나를 보고, 빙긋 웃었다. 『강제 예절(매너 기아
스)』로 이 상황을 빠져나갈 생각이다.

하지만── 레티시아가 스킬을 발동하기 직전, 골목길 벽과

바닥이 빛났다.

'모시도록 하겠습니다. 귀족 여러분.'

목소리가 들려왔다.
벽과 바닥의 빛이 복잡한 문양을 그렸다. 이건, 마법진인가?!

"모실 준비가 끝난 것 같군요."
라란벨 엘른기어가 슬며시 웃었다.
마법진의 빛이 더 밝아졌고, 골목길에 목소리가 울려 퍼졌다.

'이번과 같은 위기에 활용하기 위한, 아주 좋은 상품이 있습니다. 귀족 여러분께만 권하는 한정 상품입니다. 여기에 오시게 된 여러분은 정말 운이 좋은 분들입니다. 자, 이리로. 마음껏 고르도록 하십시오──'

뭐야 저거. 악질 권유 상법인가?!

『발신 : 나기(수신 : 세실, 이리스)
 내용 : 상황이 확인될 때까지 대기! 우리는 지금──』

『의식 공유・개량형』으로 메시지를 보내려고 하는 중에, 갑자기 눈앞이 새하얗게 물들었고──

정신을 차려보니 나와 레티시아, 커틀러스는—— 처음 보는 곳에 서 있었다.

제6화 「전이 당한 곳에서 친구의 애칭을 불러봤다」

이쪽 세계로 소환됐을 때, 임금님이 말했었다. '전이 마법으로 변경에 보낸다'라고.

전에 세실에게 그런 마법이 존재하는지 물어본 적이 있다.

세실의 대답은 '있다고 생각합니다. 하지만 실제로 쓸 수 있는 사람이 있는지는 모르겠어요'였고.

즉, 그만큼 난이도가 높은 마법이라는 것 같다.

그럴 만도 하겠지. 사람이나 물건을 순식간에 수백 킬로미터나 떨어진 곳으로 보내는 마법을 아무나 휙휙 쓸 수 있다면, 물류 시스템이 붕괴할 테니까. 항구도시 이르가파가 교역 중심지가 될 리도 없고.

그렇다면 '전이마법'이라는 건 왕가에서만 사용할 수 있거나, 아니면 특별한 방법으로만 사용할 수 있다는, 그런 얘기겠지.

이번에 우리를 전이시킨 마법은 골목길에 걸려 있었다.

그렇다면 '특별한 방법' 쪽이다. 규모를 보면 장거리를 이동하는 마법은 아닌 것 같은데――

그런 생각을 하는 사이에, 우리는 모르는 곳으로 전이돼 있었다.

"어서오세요, 선택받은 귀족 여러분."

눈을 떠보니 낯선 저택 앞에 서 있었다.

정확히 말하자면, 우리가 서 있는 곳은 저택 앞에 있는 황폐해진 정원. 높이가 낮은 잡초가 바닥을 온통 뒤덮고 있다. 그 주위에는 키가 큰 나무들이 우거진 숲이다. 이리저리 둘러봐도 길 같은 건 보이지도 않았다.

우리 근처에는 라란벨 남작 영애와 영주 가문 앞에서 호출에 응했던 검은 옷의 남성이 있다. 남작 영애는 여유 있는 미소를 짓고 있지만, 남성은 완전히 당황한 상태다.

"저는 '베일'이라고 불러주세요."

그리고 저택 앞에는 얇은 베일로 얼굴을 가진, 회색 머리카락의 소녀가 있었다.

"거친 방법으로 모셔서 죄송합니다. 선택받은 귀족분들께만 보여드릴 것이 있습니다. 이번 같은 위기를 헤쳐나가기 위한 아이템을, 여러분께 제안할까 합니다."

그녀는 우리를 둘러보며 천천히 인사했다.

"아이템……?"

레티시아가 작은 소리로 중얼거렸다.

"예, 클로디아 공주 전하의 병사들이 무시무시한 '스톤 가고일'을 쓰러트리는 모습을, 여러분도 보셨겠죠?"

베일을 쓴 소녀는 만족스레 고개를 끄덕였다.

"이번에 선택받은 귀족 분들께, 그러한 '힘'을 제공해드릴까 싶어서 이렇게 초대하게 됐습니다."

그녀가 입고 있는 옷은 칠흑의 드레스. 은색 액세서리로 꾸민 비싸 보이는 옷이다.

레티시아가 내 오른손을, 커틀러스가 왼손을 잡고 있다. 두 사람도 불안해 보인다.

우리는 조금 전까지 '항구도시 이르가파'의 골목에 있었다.

그런데 지금은 숲에 둘러싸인 저택 앞에 서 있고. 전이된 것이다. 그렇다면 저기 있는 정체불명의 소녀는, 그런 일이 가능한 힘을 가지고 있다는 뜻이다.

"……누구죠, 이 분은."

"입고 있는 옷은 비싸 보이는데. 귀족이려나?"

"처음 듣는 목소리군요. 제가 아는 분은 아닙니다."

얼굴이 안 보여서 확신할 수는 없지만—— 레티시아는 그렇게 덧붙였다.

그렇다면 역시 귀족이 아닐지도 모르겠네. 누구지?

지금까지 만났던 '내방자'들과도 분위기가 다르다. 동작도, 말투도. 마치 고귀한 공주님처럼 차분하고 우아하다. 레티시아와 커틀러스가 정신없이 쳐다볼 정도로.

"저는 누구도 방해하지 않는 곳으로, 여러분을 모시고 싶었을 뿐입니다."

'베일'이 말했다.

"이곳은 항구도시에서 수십 일은 걸리는 곳. 게다가 이 주위는 높은 레벨의 마물들이 사는 숲. 여기서라면 누가 이야기를 들을 일은 절대로 없습니다."

"거짓말이지 말입니다? 그렇게 순식간에?"

커틀러스가 소리 내서 말했다. 레티시아도 놀랐는지 눈이 휘
둥그레졌다.

그 반응을 보고 '베일'이 만족스레 고개를 끄덕였다. 자기가
한 말의 효과도, 이것이 협박이 된다는 것도 완전히 계산하고서
말하고 있다. 책사 같은 상대다.

여기가 '항구도시 이르가파'에서 수십 일이 걸리는 곳이라면,
우리는 '베일'의 뜻을 거스를 수 없다. 식량도 장비도 없다. 돌아
가는 길도 모른다…… 최악이다.

……하지만, 혹시 모르니까 확인해 보자.

『발신 : 나기(수신 : 세실, 이리스)

내용 : 뭔가 우리가, 이르가파에서 수십 일이나 걸리는 곳으
로 날아왔다는 것 같아.』

『발신 : 세실(수신 : 나기 님, 이리스 양)

내용 : 무슨 일이 있었던 건가요?! 괜찮으세요 나기 님?!』

『발신 : 이리스(수신 : 오빠, 세실 님)

내용 : '의식 공유·개량형'의 메시지가 도착한다는 건, 도보
로 이틀 범위 이내라는 뜻이에요. 무사하신가요? 레티시아 님,
그리고 커틀러스 님은?』

답장 메시지가 왔다.

여기, 의외로 가까운 곳이었네.

"선택받은 분께만 정보를 전해드리기 위해서, 호위의 숫자를 제한했습니다. 긍지 높은 귀족 여러분이, 부하나 호위와 떨어져 있으면 불안하게 여기시겠지만——"

베일을 쓴 소녀는 주위를 둘러보면서 말했다.

"……레기, 있지?"

'당연하다.'

내 등에 있는 마검 레기가 철컹, 하고 떨렸다.

오른손에 찬 『천룡(시로)의 팔찌』를 건드리자, '아빠~'라는 대답이 돌아왔다. 시로도 있네.

옆에 있는 커틀러스는 옷 속에 착용한 '바랄의 갑옷'을 가리키고 있다. 핀도 언제든 불러낼 수 있으니까, 전력은 충분하다.

"저는 여러분의 안전을 위해서 이런 수단을 사용하게 되었습니다. 여러분은 잘 모르시겠지만, 이 세상에는 인간의 상식을 뛰어넘은 능력을 지닌 스킬이나 아이템이 있습니다……."

베일을 쓴 소녀는 입가에 미소를 지으면서 말했다.

"커틀러스. 혹시 모르니까 핀한테 '신성 유물(아티팩트)'의 기척이 느껴지는지 물어봐."

"이미 확인했지 말입니다. 아까 전이했을 때 느꼈다는 것 같지 말입니다.”

커틀러스가 고개를 끄덕였다.

“‘신성 유물’ 정도는 돼야 전이 마법 같은 건 쓸 수 있을 거라고, 저도 그렇게 생각하지 말입니다.”

한마디로 베일이 말한 ‘여러분이 모르는 아이템’은 아티팩트가 틀림없다.

“이 땅은, 그 누구도 와본 적이 없는 머나먼 곳에 있는 장소.”

베일을 쓴 소녀는 계속 설명했다.

“여러분이 숲을 빠져나가는 것은 어렵겠지요. 주위에는 사람을 현혹하는 결계에다, 이미 죽은 자들의 혼도 돌아다니고 있으니까요——”

『발신 : 나기(수신 : 세실, 이리스)

내용 : ——라는데.』

『세실, 이리스 : 대책을 생각했어요!』

좋았어. 이걸로 문제없고. 남은 건——

“저기, 레티시아.”

“알고 있습니다. 상대의 목적과 그 정체겠죠.”

레티시아는 내 말을 중간에 자르고서 고개를 끄덕였다.

정체불명의 소녀 ‘베일’의 좌우에는 병사들이 있고, 칼끝에 마법 '등불(라이트)'을 밝혀뒀다.

소녀의 정체를 분석해보자면, 가능성은.

(1) 왕가의 클로디아 공주(모종의 방법으로 목소리를 바꿨다)

근거 : 왕가는 전이 마법을 쓸 수 있다. 그리고 공주님은 왕가 사람. 게다가 우리를 이리로 데려온 '라란벨 남작 영애'가 '클로디아 공주님이 부르셨다'라고 말했다.

(2) 내방자

근거 : 내방자는 전이 마법을 사용해서 변경으로 이동한다. 그러기 위한 힘을 가지고 있다고 해도 이상하지 않다.

(3) 그 외 : 귀족이나 서민, 데미 휴먼

단, 데미 휴먼일 가능성은 낮다. 귀족들만 부를 이유가 없으니까.

"현명하신 귀족 여러분. 들어주세요. 이번에 시내에 나타난 가고일처럼, 눈에 보이지 않는 위기는 항상 존재합니다."

베일 쓴 소녀는 계속 설명했다.

"또한, 변경에는 마왕이 존재합니다. 이 왕국에도, 언제 그 마수가 덮쳐올지 모를 일이죠. 귀족이란 영지와 그에 딸린 주민을 지닌 자. 그곳에 흉악한 마물이 나타난다면 어떻게 대처하시겠습니까? 병사들만 가지고 싸울 수 있을까요?"

"'베일' 님."

갑자기, 라란벨 남작 영애가 입을 열었다.

"말씀하시기 전에 약속을 지켜주셨으면 합니다. 의뢰하신 대로, 저는 귀족들을 이곳으로 데리고 왔습니다. 지인 소녀입니다. 이것은 '친구 소개 혜택'에 해당한다고 생각합니다만?"

"알고 있습니다. 당신에게는 새로운 힘을 드리도록 하지요."

"영광입니다, '베일' 님. 그럼, '집사'를."

"좋습니다. 이능력을 지닌 집사를 10일 이내에 파견해드리겠습니다."

"감사합니다. '베일' 님."

소녀는 베일의 말에 고개를 끄덕이고, 우리를 여기까지 데리고 온 소녀는 저택 현관 쪽으로 갔다.

마지막에 뒤를 돌아보더니 이겼다고 자랑하는 것 같은 미소를 지었다. 시선은 똑바로, 레티시아를 보고 있었다.

"당신도 곧 '귀족의 정의'가 무엇인지 알게 될 겁니다. 저처럼, 힘을 손에 넣으면."

그렇게 말하고, 라란벨 남작 영애는 저택 안으로 들어갔다.

"하던 이야기를 계속하겠습니다. 항상 여러분을 노리고 있는, 위기에 관한 이야기입니다.

──귀족이란, 잃어버릴 수 있는 것들을 가진 분들입니다. 영지, 자재, 가족을 지키기 위한 힘이 필요하다고 생각하지 않으십니까? 위험은 어디에나 존재합니다. 잃은 뒤에는 이미 늦은 일입니다."

담담하게 이야기하는 '베일'.

허리를 곧게 펴고, 힘이 담긴 목소리로, 우리를 똑바로 보면서 계속 말했다.

"제가 말씀드리는 위기에 대해, 현명하신 귀족 여러분께서는 잘 아실 거라고 믿습니다. 이번 가고일처럼, 눈에 보이지 않는 위험이 언제 여러분을 덮치게 될지 모릅니다. 그 위기를 헤쳐나가기 위한 아이템과 스킬을, 선택받은 여러분께——"

"네놈은 지금 무슨 소리를 하는 것이냐?!"

더는 못 참겠다는 것처럼, 검은 옷의 남성이 소리를 질렀다.

"어째서 이런 곳으로 데려온 것이냐. 설명해라!!"

화를 낸 사람은 이르가파 영주 저택 앞에 있던 귀족 남성이다.

"이거이거 가른조 백작님. 무례를 용서해 주십시오."

소녀는 드레스 가슴팍에 손을 대고, 남성 쪽으로 시선을 보냈다.

"말씀드린 대로, 여기는 항구도시에서 수십 일이 걸리는 곳입니다. 계시던 곳으로 돌아가려면 저희의 도움이 필요합니다. 시내로 돌아가려면 저희의 도움이 필요합니다. 적대적인 행동을 취하는 것은 바람직하지 않습니다만."

"시끄럽다! 무례한 것도 정도가 있지!"

귀족 남성이 소리쳤다.

"상품을 팔고 싶다면, 사람을 보내서 이야기를 전해야 할 것이 아닌가. 이런 속임수 같은 짓을 하는 놈을 어찌 믿겠는가!"

"이미 여러 명의 귀족분이 저희 상품을 이용하고 계시고, 활약의 장을 넓혀가고 계십니다. 원하신다면 나중에 그분들의 성함을 가르쳐드리도록 하겠습니다."

"나는 클로디아 전하가 부르신다고 하시기에 나선 것이다. 너따위는 상대할 생각도 없어!"

"──당신은 실격입니다."

'베일'이 손가락을 퉁겼다.

그것을 신호로, 좌우에 있던 병사들이 움직였다.

남성의 호위가 칼을 뽑았지만 병사가 더 빨랐다. 검은 갑옷을 입은 병사들은 귀족의 호위가 들고 있던 칼을 간단히 퉁겨내고, 자기가 쥔 칼의 자루로 호위와 귀족 남성을 마구 때렸다. 우리가 손을 쓸 틈도 없이.

병사는 무력화된 남성과 호위를 밧줄로 묶어서 저택 안으로 데려갔다.

"이 자리에 의심이 많은 자는 필요 없습니다. 일단 믿고, 받아들이고, 그 뒤에 설명을 요구해야 합니다. 선택받은 자라는 사실을 무조건 받아들이지 못한 당신은, 실격입니다."

"기다려 주십시오! 그분을 어떻게 하실 겁니까?"

레티시아가 큰 소리로 말했다.

"설득하고, 그 뒤에 원래 계시던 곳으로 돌려보낼 겁니다."

베일 너머에 있는 소녀의 얼굴이, 웃은 것 같았다.

"여기서 항구도시까지는 수십 일이 걸립니다. 스스로 돌아가시는 건 힘드실 테니까요."

"""그렇구나~~."""

나와 레티시아, 커틀러스가 동시에 이상한 톤으로 말했다.

"질문이 있으시다면, 하세요. 저는 거친 일을 좋아하지 않습니다."

베일을 쓴 소녀가 레티시아를 보며 말했다.

"거래라는 것은 서로가 납득한 상태에서 하는 것이라고 생각하니까요."

"저는 교섭이라는 것을 잘하지 못합니다."

레티시아가 나를 보고, 고개를 끄덕였다. '맡겨도 되겠습니까'라는 신호다. 나도 고개를 끄덕였다.

"그런 일을 잘하는 이가 있으니, 그자에게 부탁할까 합니다."

"그러시죠."

나는 일어나서, 레티시아 옆에 가서 섰다.

"여기는 귀족분들만이 발언이 허락된 장소. 그분은 귀족과 동등한 입장에 있는 분입니까?"

'베일'이 이상하다는 것처럼 고개를 갸웃거리고, 나를 봤다.

"그렇습니다. 이 분은……."

레티시아는 잠시 생각하는 것 같더니, 뭔가를 결의했다는 것처럼,

"이 분은 제가 가장 신뢰하는, 제 약혼자입니다!"

"──저기, 레티시아──"

"…………이 자리에서만. 여기서만입니다."

나도 알기는 하는데.

레티시아, 목까지 새빨개져 있거든.

"알았어. '레티아'."

"여, 여기서 그 이름을 부르는 건가요?!"

아니, 불러도 된다고 했잖아. 어린 시절에 불렀던 애칭.

"……약혼자라 한 건 레티시아잖아. 의심받지 않기 위해서야."

"아…… 알겠습니다. 여기서만, 입니다."

레티시아는 완전히 새빨개지기는 했지만, 나를 보고, 끄덕, 하고 고개를 끄덕였다.

나도 엄청나게 창피하거든.

"거짓은 아닌 것 같군요. 그렇다면 발언을 인정하겠습니다."

"그렇다면, 묻겠다"

여기는 상대가 준비한 무대. 무슨 함정이 있을지 모른다.

먼저 이야기를 받아들이는 척하면서 정보를 끌어내 보자.

"나와 레티시아는 약혼 기념으로 '차기 영주 소개 파티'에 참가할 예정이었다. 가고일이 공격해온 것은 우연. 허나, 내 고귀한 약혼자는 주민들을 지키기 위해 싸웠다. 그 뒤에 여기로 불려왔고."

베일을 쓴 소녀에게 똑똑히 들리도록, 말했다.

"귀족에게는 잃을 것이 많다. 그것을 지킬 힘이 필요하다는 것도 이해하고. 하지만, 이러한 방식은 이상하지 않은가? 이것은 협박이나 마찬가지가 아닌가?"

"의심하게 만든 데 대해서는 사과하겠습니다."

소녀는 고개를 저었다.

"'위대한 힘'에 대하여, 마왕과 그 수하들에게 알리고 싶지 않기 때문입니다. 특히 항구도시 이르가파는 '해룡 케르카톨'이라는 고위 마물을 숭배하는 자들. 경계하는 것도 당연하지 않겠습니까?"

"그래서 항구도시에서 멀리 떨어진 장소로, 우리를 전이시켰다는 것인가?"

"예."

"그래서, 항구도시에서 걸어서 2시간 걸리는 곳으로, 우리를 전이시켰다는 것인가?"

"예……? 아, 아닙니다, 머나먼 곳입니다만, 무슨 문제라도?"

지금, 틀림없이 고개를 끄덕였다. 의외로 만만하네. 정체불명의 소녀.

"공기가 따뜻하고 습기를 머금고 있다. 이것은 남방의 기후지. 주위에 자라 있는 나무 종류도 이르가파 주변의 나무와 똑같고. 분명, 이르가파에서 도보로 2시간 정도 걸리는 곳에 있는 숲에, 마을이었던 곳이 있었을 텐데. 딱 이 저택과 똑같은 건물이 남아있다고 들었다만."

그렇게 말하는 사이에도, 증거를 들이댔다.

이건 이리스가 보내준 정보다.

『의식 공유 · 개량형』으로 보내준 사진을 본 이리스가, 이 장소를 특정했다.

"그래도 정말로, 이곳이 멀리 떨어진 곳이라고 하겠다면, '계약'을 하겠나? 거짓말이라면 당신이 가지고 있는 아이템, 스킬을 전부 이쪽에게 넘기는 조건으로."

"………….."

아, 말문이 막혔다.

정체불명의 소녀는 베일 너머에서, 입술을 깨물고 부들부들 떨고 있다.

"당신들도…… 실격입니다!"

베일을 쓴 소녀의 표정은 보이지 않는다. 보이는 건 입가뿐.

뿌드득, 이를 갈았다. 화가 난 건 틀림없다.

"나는 후의를 베풀어서, 당신들에게 아이템과 스킬을 제안하고 있습니다. 그것에 대해 의심하는 마음을 품은 시점에서, 교섭 상대로서 실격. 그렇다면, 힘으로 '손님'이 되도록 만들겠습니다!"

소녀가 말하자, 좌우에 대기하고 있던 병사들이 움직였다.

숫자는 두 명. 칠흑의, 살벌한 갑옷을 입고 있다. 키는 거의 2미터쯤 되는 것 같고.

손에는 장검과 원형 방패를 들었고, 거기에 구속용 밧줄까지 준비했다.

준비성이 너무 좋단 말이야. 저놈들은 지금까지도 귀족들한테 이런 짓을 해왔겠지. 전이 마법으로 납치하고, 인적이 없는 곳에서 억지로 아이템과 스킬을 팔아치우는. 목적은 아직 모른다. 하지만——

"…………'내방자'나 '하얀 길드'가 관여했을지도 몰라."

하는 짓이 아무리 봐도 블랙하거든.

여기가 놈들의 거점이라면 정체를 알아낼 수 있을지도 모른다.

커틀러스와 핀은 이 장소에 '신성 유물(아티팩트)'이 존재한다고 느꼈다. 그딴 걸 써서 또 어디 이상한 데로 불러들이기라도 하면 귀찮아지니까. 이 틈에 파괴하거나 장악해두고 싶다.

솔직히, 좋잖아. '전이 마법'. 만약의 경우에는 도망칠 수도 있고.

"저기, 레티시아, 커틀러스."

"뭔가요?" "예, 주공."

"무작정 숲속으로 불러들였으니까, 사죄의 뜻으로 아이템 하나 정도는 받아서 돌아가도 아무 문제 없겠지?"

"좋지 않겠나요?"

레티시아는 손을 입에 대고, 씩 웃었다.

"무법자에게 힘을 주는 것보다는 나기 씨 같은 게으른 자──아니, 게을러지고 싶은 부지런한 사람이 가지고 있는 쪽이 안전하니까요."

"'전이 마법 아티팩트'가 있다면, 주공이 가지고 계셔야 한다고 생각하지 말입니다."

"또 하나 질문. 40분 정도 시간을 벌어줄 수 있겠어?"

"어떻게든 해보겠어요." "해볼 가치는 있지 말입니다."

"알았어. 그럼 결정."

전위는 나와 레티시아. 후위는 커틀러스.

우리는 자연스럽게 대형을 짰다. 서로의 스킬은 잘 알고 있다. 정보는 전부 공유했고. 원군도 곧 온다. 전황이 불리해지면 도망치거나 시간을 벌면 된다. 아무 문제 없네.

"죽이지는 않습니다."

베일을 쓴 소녀가 말했다.

"이 자리에서 일어난 일을 누구에게도 말하지 않겠다고 '계약'을 해주셔야겠습니다!"

"'베일'님의 뜻대로!'"

병사 두 명이 칼을 치켜들었다. 이쪽으로 온다. 노리는 건 나인가. '베일'한테 건방지게 굴어서 그런가.

그럼, 마검 레기를 뽑아, 서.

"레기, 부탁해. 발동. '유수 검술 LV1'!"

'알았다! 장검 두 개 정도는 일도 아니지!!'

스르륵!

"——뭣이?!"

검은 갑옷 병사들이 내리친 검을, 마검 레기가 휘감아서, 흘려보냈다.

"레티시아!"

"갑니다! 발동 '회전 순격(실드 스크램블)'!!"

따악.

레티시아의 방패(커틀러스한테 빌렸다)가, 자세가 무너진 병사의 머리를 때렸다.

빙글빙글빙글빙글————!!

방패에 맞은 병사의 몸이 고속으로 회전하기 시작했다.

병사의 갑옷은 마법 아이템일지도 모른다. 강하고 단단하다.

그래서 입은 사람이 회전해서 부딪치면, 엄청나게 아프다.

그런 갑옷을 입은 병사가 두 팔을 프로펠러처럼 돌리면서 부딪쳤으니까──

뻐억.

"으걱!"

옆에 있던 병사는 한 대 맞고 바로 쓰러져 버렸다. 회전하던 병사도 같이 쓰러져서, 땅바닥에서 빙글빙글 돌았다. 두 병사는 뒤엉킨 채로, 계속 저택 주위를 돌았다.

"우와~ 아주 제대로 맞았네요~."

"방패로 때렸다고 이렇게까지 빙글빙글 돌 수도 있군요~."

"아냐~ 저 갑옷이 가진 특수 효과일지도 몰라~."

"어? 어? 어?"

베일을 쓴 소녀는 얼이 빠졌다.

바닥에 밧줄이 떨어져 있다. 병사가 가지고 있던 것이다.

나는 그것을 주워서 고리를 만든 뒤에 레티시아한테 줬다.

"이걸로 저 베일 쓴 소녀의 본성을 끌어내 봐. 레티시아."

"예. 알겠어요."

"무, 무례한 것! 내 병사에게 행패를 부리다니!"

베일 쓴 소녀가 외쳤다.

"내 마법을 맛보거라. '얼음(아이시클)──'"

"이쪽이 먼저입니다! 발동 '품격 억제(엘레강트 다우너) LV1'!!"

상대가 마법을 발동하기 전에, 레티시아가 던진 밧줄이 베일 쓴 소녀의 몸에 걸렸다.

『품격 억제(엘레강트 다우너) LV1』(R)

『밧줄』로 『품격』을 『억제하는』 스킬.

예의나 체면을 없애버릴 수 있는 스킬.

상대의 몸에 밧줄을 걸면 발동.

이 스킬의 대상이 된 자는 일정 시간 동안 예의와 품위, 체면을 잊어 버리게 된다.

그래서 속내를 털어놓기 쉽게 만든다. 귀족과 왕족, 고위 상인 등에게 효과가 좋다.

이건 '강제 예절(마나 기아스)'과 같이 만든 스킬이다.

정체를 밝히는 데에 도움이 될 것 같은데, 과연 어떨까――?

"――――아, 아, 아. 나―― 우리―― 나―― 이 몸―― 은."

'베일'의 움직임이 멈췄다.

입을 뻐끔거리면서, 드레스를 입은 몸을 부들부들 떨고 있다

"무슨 짓을――. 나한테 대체 무슨 짓을――!"

"질문에 대답해주실까. 당신은 클로디아 공주 본인인가? '하얀 길드'는――"

"시끄러워어어어어어어어어!!"

소녀는 얼굴을 가린 베일을 뜯어버렸다.

하얀 얼굴이 우리 앞에 나타났다.

얼굴 위쪽 절반에 가면을 쓴, 핏기없는 얼굴이.

"항상, 언제나―― '인격 유지 불능. 인격 복제에 문제 발생'

자애로운 공주 따위 노릇을 해먹을 수 있겠냐고── '긴급 회피 마법' 방해하지 마! 내 일을 방해하지 말라고오오오오오── '얼음── 폭풍(아이시클 템페스트)'!!"

소녀는 영문 모를 말을 늘어놓다가── 마법을 발동했다.

"나기 씨!" "주공!!"

"모두, 엎드려──!!"

우리는 바로 바닥에 엎드렸다.

"시로! 방어 부탁해!!"

'알았어요~!! 아빠를 위해서 실드~!!'

시로의 목소리와 함께, 우리 머리 위에 반투명한 '장벽(실드)' 이 발생했다.

그 직후, 눈보라가 휘몰아쳤다.

폭풍이 나무들을 흔들고, 얼음 파편이 쏟아졌다. 하지만 '천룡의 팔찌'가 만들어낸 방패는 깨트리지 못한다.

몇 분 동안, 새하얀 폭풍이 우리들의 시야를 가로막았고──

그 폭풍이 끝나고 보니, 가면 쓴 소녀 '베일'은 모습을 감췄다.

문이 활짝 열린, 저택 안으로.

제7화 「모습이 보이지 않는 파티 멤버에 의한 기습과 치트한 전력 차」

——같은 시각. 항구도시 이르가파에서는——

"오빠를 도와주세요. 세실 님, 리타 님, 아이네 님!"

이곳은 항구도시 이르가파의 문.

영주 가문 사람들이 몰래 드나들기 위한, 소위 말하는 통용문이다.

"약속하겠습니다. 반드시, 나기 님을 데리고 돌아오겠습니다!"

세실은 눈물을 글썽이는 이리스의 손을 잡았다.

통용문은 열려 있다. 평소에 이곳을 지키는 위병들도 물려뒀고. 말도 준비해 놨다. 전부 이리스가, 영주인 아버지를 통해서 준비했다. 지금은 비상시니까, 수단을 가릴 때가 아니다.

말에 탄 아이네도, 그 옆에 있는 리타도, 하나같이 진지한 얼굴이다.

주인님이 잡혀간 지금, 그녀들은 당황하지 않는 정도가 고작이었다.

"……나 군을 잡아가다니, 감히 그런 짓을 했단 말이지."

아이네는 말에 매어놓은 '강철 대걸레'를 잡았다.

"범인을 찾아내면 용서하지 않을 거야. 오랜만에 흉악한 기분이야."

"지, 진정해, 아이네."

리타가 아이네를 보면서 말했다.

"레, 레티시아 님과 커틀러스도 같이 있으니까, 틀림없이 괘, 괘괘괘, 괜찮을 거야."

"리타 양이야말로 진정해. 고삐를 물어뜯지 말고! 말이 무서워하잖아!"

"여러분~ 오래 기다리셨죠~."

느긋한 말투의 라필리아가, 영주 저택 쪽에서 달려왔다.

라필리아는 손에 들고 있는 양피지를, 세실 일행 앞에서 펼쳐보였다.

"이게 도시 주변 지도예요. 이걸 보면, 마스터네가 있는 위치는 말이죠오."

"'오빠를 생각하면서, 오늘도 체조를 했습니다'——인 거야?"

"'세실 님께서 가르쳐 주신, 가슴이 커지는 체조는 옷을 벗고나서——'——뭐야 이거."

"라필리아 님! 그건 이리스의 일기잖아요?!"

"아, 착각했다. 이쪽이에요~."

"'——언젠가 마스터께 정을 베풀어 주시면, 정의의 고대 하프엘프 군단을'…… 이건 라필리아 양의 꿈 일기인가요?"

"어라? 어라라? 어라라라라라?"

라필리아는 허리에 매어놓은 가죽 주머니를 꺼냈다. 주머니를 묶어놓은 끈을 풀려고 했지만, 손가락이 마음대로 움직이지 않는다. 자세히 보니 라필리아의 팔이 바들바들 떨리고 있었다.

평소에는 그렇게 느긋해 보여도, 라필리아도 나기가 없어서 동요하고 있는 것 같다.

"자, 여기. 이게 지도예요. 아이네 님께 드릴게요."

"분명히 받았어. 나 군은, 반드시 데리고 올 테니까."

아이네는 말 고삐를 쥐었다.

"우리가 이렇게나 걱정하게 만들다니―― 찾아내면, 벌을 줄 거야."

리타는 날카로운 눈빛으로, 문 너머에 있는 길을 노려봤다.

"오빠한테 무슨 일이 있으면, 이리스는 항구도시를 멸망시킬 거예요."

"예. 저는 고대어 마법으로, 적과 숲을 다 태워버릴게요!"

이리스와 세실이 손을 들었다.

"적은, 절대로 화나게 해서는 안 되는 분들을 화나게 만들었네요."

라필리아는 말들의 등을 쓰다듬어줬다.

세실리아는 라필리아의 도움을 받아서 말에 올라탔다. '동물 공감' 스킬을 가진 세실이 귀에 속삭여 주자, 떨고 있던 말들이 진정됐다. 그리고 마치 세실의 화가 옮겨간 것처럼, 거친 숨을 내뿜기 시작했다.

"그럼, 다녀오겠습니다!"

"조심하세요오! 여러분!"

달려나간 세실과 리타, 아이네의 뒷모습을 향해, 라필리아가 손을 흔들었다.

이리스는 '의식 공유 · 개량형'의 메시지를 작성하기 시작했다. 내용은 지도 스크린샷과 중간에 있는 장애물 공략법.

『발신 : 이리스(수신 : 세실 님)

내용 : 저택 주위는 숲입니다. 아마 마물도 있을 거예요. 주위에는 사람을 현혹하는 결계가 있고, 죽은 자들의 혼도 돌아다닌다고 하니까 조심하세요.

이리스가 생각한 공략법은──』

답장이 돌아온 건 십여 분 뒤.

숲이 보인다는 보고와 공략 개시 신호.

그리고, 세실의 시야를 포착한 스크린샷에는──

세실이 '진 · 성장 노이엘트'로 날린 '초 확대판 고대어 마법 「빛」' 때문에 스턴에 걸린 마물들과, 리타의 주먹과, 아이네의 '마물 청소'로 날아가버리는 마물들의 모습이 찍혀 있었다.

"그분들, 얼마나 있으면 도착하실까요."

"생각할 필요도 없어요."

영주 저택으로 돌아온 이리스는 라필리아의 손을 잡고서 대담한 미소를 지었다.

"'치트 캐릭터' 노예가 스킬을 전개하면서, 주인님을 향해 달려가고 있어요. 당연히 순식간에 도착하겠죠? 라필리아 님."

——같은 시각, 숲속에 있는 저택——

"뭐, 뭐야 저건. 대체 뭐냐고?!"

소녀는 손으로 가면을 누르고, 다른 손은 뒤로 뻗어서 저택 문을 닫았다.

자물쇠를 잠그고, 문에 설어놨던 '록(잠금)' 마법도 기동했다.

이 저택은 특별한 거래를 위해서 마련한 곳이다. 침입자를 막기 위한 트랩도 준비했고.

"당신들도, 누가 들어오면 당장 죽여버리세요. 알겠죠."

"……예?" "'베일' 님? 대체 무슨 일이?!"

"시끄러어어어어어어어어!!"

'베일'은 병사들을 향해서 소리를 질렀다. 감정을, 억누를 수가 없었다.

'베일'은 '그녀'가 스트레스를 발산하기 위한 모습이다.

그런데—— 이상하다. 이렇게까지 감정의 빗장이 풀어지는 일은 없었는데.

"대책을 세워야 해. 아직 부족해. 부족하다고. 뭔가 더, 대책을 세워야…….”

'베일'은 병사들에게 명령해서 벽에 걸어뒀던 도끼와 병사들 키만큼이나 커다란 방패—— '그레이트 실드'를 장비하게 했다

“그리고…… 방어용 마물도 준비해야지.”

베일은 복도에 항아리를 줄줄이 세워놨다. 총 8개. 그중 여섯 개 안에는 금화가 들어 있다.

돈 욕심을 내서 항아리를 깨트리다 보면, 결국은 마물이 튀어 나오게 되어 있다.

마지막으로 '베일'은 안쪽 문으로 통하는 문을 연 뒤에, 바깥 쪽 문손잡이를 건드렸다.

그녀가 '스킬'을 기동했더니 얼음이 문손잡이를 뒤덮었다. 그 얼음을 건드리지 않게 조심하면서, 소녀는 신중하게 문을 닫았다.

이건 비장의 카드 중 하나. 건드리면 그들은 완전히 무력화시킬 수 있다.

“어째서 그런 비상식적인 놈들이 있는 거지. 밧줄을 휘감았을 뿐인데, 내 본성이——”

'베일'은 얼굴 절반을 덮고 있는 가면에 손가락을 댔다.

이 가면은 '그녀'의 그림자 같은 존재가 되기 위한 것이다. '그녀'의 기억과 감정을 '베일'에게 옮기는 힘을 가지고 있다. 그런데, 지금은 원래의 자신과 '그녀'의 본성이 뒤섞여 있다.

스트레스로 가득 찬 생활을 하고 있는 공주와——

귀족에게 버림받았지만 공주님의 거둬준, '베일' 자신의 감정이.

“무슨 일이라도 있으신가요? '베일' 님.”

방에서는 라란벨 남작 영애가 그녀를 기다리고 있었다.

남의 속도 모르고, 속 편하게 웃고 있다.

실실. 웃고 있다. 실패 따위는 생각도 안 하고 있다.

그 속 편한 모습에 미칠 듯이 화가 났다.

"거래는 중지야."

"……무슨 일이 있었나요?"

"못 들었어? 지금 중지한다고 했잖아!!"

'베일'은 라란벨에게 소리를 질렀다.

"죄, 죄송합니다."

라란벨은 황급히 '베일'한테서 떨어졌다.

"하, 하지만, 저는 클로디아 전하의 '학우'입니다. 무슨 일이 있었는지 정도는…….."

"아앙?"

눈을 옆으로 홱 돌려서 라란벨을 노려보는, '베일'.

"내 본체(클로디아)를 따라다니는 재주밖에 없는 계집애가, 무슨 소리를!"

"히이이익?!"

"뭐가 '학우'냐! 클로디아의 '자애' 쪽 얼굴밖에 못 본 주제에!"

"잠깐! 잠깐만 기다려 주세요 '베일' 님!"

바닥에 엎드려서, 라란벨이 외쳤다.

"당신은 클로디아 전하의 인격이 깃든 분이시죠?! 그 가면은 그러기 위한 것이고."

"그래서, 뭐?!"

"진정해 주세요. '귀족의 정의'를 구현하는 당신이 그렇게 거칠게 굴어서는 안 됩니다! 왕이란, 모두가 우러러보는 존재이고, 분노는 서민에게로 향해야 마땅한 것. 저는 당신을 돕고, 함께 높은 곳으로——"

"항상, 언제나, 네 이상적인 존재로 있을 수는 없다. 짜증 난단 말이야, 너는!"

"자, 잠시 기다려 주세요!"

라란벨은 바닥에 이마를 찧어댔다.

"진노는, 아랫것들에게 터트리는 것입니다! 서민은 높은 이들의 화를 받아내면서, 자신들이 지배당하는 존재라는 것을 받아들이는…… 그런 것입니다! 저는 당신의 '학우'이자 왕에 가까운 자일 터……."

"클로디아는 너를 동료라고 생각하지 않는다."

무자비한 말을 내던지는, '베일'.

"넌 '명령이 필요 없는 노예'다. 특별한 인간이라고 생각하게 만들면, 이쪽 마음대로 부려먹을 수 있지. 그것뿐이다!"

'베일'은 쾅, 하고 벽을 걷어찼다.

"난 너와 다르다. 난, 클로디아 공주에 대해 알고 있다. 넌 만약의 경우에 잘라 버리기 위한 도구라고 생각할 뿐이다. 그것도 몰랐나?"

"그럼…… 우러러 마땅한 왕은? 영광스러운 '귀족의 정의'는?"

바들바들 떨면서 중얼거리는, 라란벨 엘른기어 남작 영애.

"내 방법이 이상과 달랐던 거야? 레티시아 미르페가 옳고? 말도 안 돼. 거짓말. 거짓말이야! 말도 안 돼!!"

"당황하는 건 나중에 해라. 이 무능한 것!"

"히익!"

라란벨이 머리를 쥐어뜯었다.

그 꼴이 마음에 안 들어서, '베일'은 발을 세게 굴렀다.

'클로디아를 이해하는 건, 분신인 나 하나뿐──'

가면을 쓰면, '베일'은 클로디아 공주 행세를 할 수 있게 된다. 그녀의 성격, 말투, 행동까지 완벽하게 복제할 수 있다. '베일'과 클로디아는 체형도 비슷하다. 머리카락은 같은 색이 되도록, '베일'이 염색했다. 클로디아 공주의 그림자가 되기 위해서.

'왕가 사람이라는 것── 24시간, 자애로운 공주 노릇을 해야 한다는 것 때문에, 클로디아는 괴로워했다. 나는 클로디아의 그림자. 그녀와 닮은 모습으로, 귀족들을 놀리고 얕보는 협잡꾼.'

그렇기 때문에 바깥세상에 나설 수는 없다.

사실은 자신이 클로디아 공주 곁에 있고 싶지만, 용납되지 않는다.

"……어째서 너 따위가, 클로디아 공주의 '학우'인 거지. 내가 클로디아 공주를 더 잘 이해해 줄 수 있는데. 그렇게 되면 모든 게 다 잘 될 텐데!"

'베일'은 라란벨에게 험담을 퍼부은 뒤에 방 중앙으로 갔다.

해야 할 일은 정해져 있다. 레티시아 미르페와 그 동료들을 죽인다.

그들은 '베일'의 정체를 알아내려 하고 있다. 아마 저택 안으로 들어오겠지.

"'전이 술식'은—— 아직 시간이 더 필요한가."

이 방의 바닥에는 마법진이 그려져 있다. 중심에 있는 것은 수정이 달린 아뮬렛이다.

저 '신성 기물(아티팩트)'은 떨어진 장소를 마법진으로 연결해줄 수 있다.

연결할 수 있는 장소는 두 군데까지. 하나는 항구도시 이르가파로 설정해뒀다. 하지만 그쪽은 가른조 백작과 레티시아 미르페를 전이시키는 데 사용해 버렸다. 다시 충전하려면 시간이 걸린다.

"또 한 곳에…… 전이 문을 여는 건, 정말로 최후의 수단. 정말로, 긴급한 상황이 아니면……."

그것은 정말로 최후의 카드다.

"라란벨. 네 장난감은, 아직 쓸 수 있겠지?"

"움직입니다. 움직여 보이겠습니다!!"

라란벨 남작 영애는 방 모퉁이에 놓여 있던 '스톤 가고일'을 끌어안았다.

이쪽도 특별히 주문한 것이다. 이르가파로 보낸 것과 다르게 팔이 네 개 있다. 그 팔 하나하나가 특별히 주문한 무기를 쥐고 있다. 가고일은 라란벨의 명령에 따라서 움직이는 존재다.

"트랩은 이걸로 충분해. 남은 건……."

'베일'은 자기 스킬을 확인하려는 것처럼 주먹을 꽉 쥐었다.

그 손가락에 얼음 알갱이가 달라붙어 있었다.

이 스킬을 쓸 일이 없기를 빌자.

그녀의 일은 힘을 원하는 귀족에게 '거래'를 제안하는 것이다. 지금까지는 계속 성공해왔고.

귀족은 잃을 것이 많다. 다른 귀족에 대한 대항심도 강하다. 마법 무기나 스킬 등을, 이쪽이 말하는 가격에 사들인다. 그렇게 해서, 지금까지 성공해왔다.

불만을 말한 자는 **한 사람도 남지 않았다.** 그랬는데…….

"라란벨! 문을 감시해!! 그 정도는 말 안 해도 알아서 하란 말이야!!"

"히이익!!"

"그리고 닥쳐!! 그놈들 발소리가 안 들리면 다 네 탓이다!!"

"_____"

라란벨이 손으로 입을 틀어막았다.

'베일'은 귀를 기울였다. 오래된 저택은 소리가 잘 울린다.

이 방은 저택의 제일 안쪽에 있다. 입구는 눈앞에 있는 문 하나뿐. 뒤쪽은 두꺼운 벽돌 벽이다.

"자, 오거라. 영문 모를 자들. 너덜너덜해진 너희를 죽여줄 테니까!!"

"그럼 사양하지 않고── '건축물 강타'."

와르르.

'베일'의 등 뒤에 있는 벽에 큰 구멍이 뚫렸다.

그 너머에 있는 것은 그녀가 두려워하던 침입자.

레티시아 미르페와, 그 약혼자. 그리고 그녀의 부하인 전사였다.

——나기 시점——

'네 말은 다 들었다.'

라고 말하려고 했지만, 참았다. 그런 말이 통할 상대도 아닌 것 같으니까.

"제 '품격 억제 LV1'은 그러기 위한 것이니까요."

내 뒤에서, 레티시아가 씁쓸하게 웃고 있다.

"본심을 끌어내기 쉽게 만든다…… 즉, 말을 멈출 수 없게 돼 버린다는 거지 말입니까?"

커틀러스는 뭔가 알아차렸다는 것처럼 탁, 하고 손뼉을 쳤다.

"이성의 빗장이 풀려버리면, 속내가 있는 그대로 흘러나오게 된다. 주공은 그렇게 생각하신 거지 말입니다?"

"확신은 없었지만 말이야."

그래서 우리는 저택 주위를 걸으면서 목소리라 들려오는 곳을 찾았다.

찾은 뒤에, 내 '건축물 강타'로 옆방 외벽을 부숴버렸다.

'베일이' 큰 소리를 지르는 타이밍에 맞췄더니, 들키지 않고 벽돌을 무너트릴 수 있었다.

그 뒤에는 옆방에 숨어서 상황을 엿봤다.

뭐, 상식적으로 생각해서, 치트 아이템을 가지고 있는 상대의 집에 정면에서 쳐들어갈 리가 없잖아.

"그럼, 이야기를 들어보도록 할까."

나는 '베일'과 라란벨 남작 영애를 향해서, 말했다.

"멋대로 이런 곳으로 전이시키고, 거래를 거절했더니 '죽여 버리는', 그 이유를."

마검 레기는 이미 뽑아 들고 있다. 레티시아도 커틀러스도 전투태세에 들어가 있고.

방에 있는 사람은 '베일'과 라란벨 남작 영애, 그리고 가고일이 두 마리. 역시 이놈들 부하였나. 마물을 시내로 보내는 데도 전이 마법을 사용했겠지.

'어쨌거나 저쨌거나, 레벨이 올라간 주인님의 적은 아니다.'

레기가 마검 모습인 채로, 내 귀에 속삭였다.

"그렇게까지 엄청난 치트가 된 건 아니야. 레기."

'후후. 그럼, 지켜보도록 하겠다.'

사실은 아까 전투에서 '유수 검술'이 LV2로 올라갔다.

유리하게 싸울 수 있게 된 것 같기는 하지만, 문제는 '베일'이다. 얼음 마법 외에도 우리가 모르는 스킬을 가지고 있을 가능성도 있다. 조심해야지.

"라란벨 남작 영애…… 아직도 저항할 건가요?"

레티시아는 칼을 손에 든 채로 앞으로 나섰다.

"이젠, 당신도 알고 있을 텐데요? 거기 있는 자가 클로디아 공주님이건, 공주님과 가까운 사람이건, 당신의 이상과 동떨어져 있다는 사실이."

"'베일'님을 이상하게 만든 건, 당신의 스킬이 아닌가요?"

라란벨 남작 영애가 손가락으로 레티시아를 가리키면서 말했다.

"'베일' 님도 클로디아 공주님도, 저를 얕보지 않으십니다! 당신을 쓰러트리면 원래의 상냥하신 모습으로 돌아오실 것입니다!"

"라란벨 엘른기어!"

"가세요, 가고일!! '귀족의 정의'를 부정하는 자를 죽이세요!"

라란벨 남작 영애는 눈물을 훔치면서 소리쳤다.

"이런 형태로 작별하는 건 아쉽군요. 안녕히 가시길, 레티시아 님!"

"이거 참 정중하게도—— 발동, '강제 예절(매너 기아스)'—— 레티시아 미르페입니다!"

레티시아는 땅바닥에 머리가 닿을 정도로 세차게, 부웅, 하고 고개를 숙였다.

그 모습을 본 '베일', 가고일, 라란벨 남작 영애도 부웅, 하고 고개를 숙였고——

퍼억.

라란벨 남작 영애는 눈앞에 있던 가고일의 등에, 힘차게 박치기를 해버렸다.

"——끄악?!"

그리고는 그대로 눈을 까뒤집고서 쓰러져버렸다.

'강제 예절'에 당한 상대는 레티시아와 똑같이 인사를 해야만 한다. 라란벨과 가고일은 마침 종대로 줄을 선 위치였기 때문에, 바로 스킬의 효과가 발동됐다.

그리고 밀집한 상태에서 세차게 고개를 숙이면, 당연히 격돌하고.

돌로 만든 가고일보다, 살아 있는 라란벨 남작 영애 쪽이 더 빨리 고개를 숙일 수 있다. 이것은 그 시차 때문에 발생한 비극이었다.

"죄송합니다 나기 씨. 마력이 떨어진 것 같아요……."

레티시아가 털썩, 바닥에 주저앉았다.

기절한 라란벨 남작 영애를 보고는, 쓸쓸하다는 것처럼,

"아는 사람에게 죽인다는 말을 듣는 건, 참 싫군요."

"……레티시아."

"라란벨 남작 영애와는 나중에 얘기하겠습니다. 나기 씨는 '베일'을."

"고마워, 레티시아."

나는 마검 레기를 겨눴다.

"레티시아는 쉬고 있어, 이제부터는 우리가 할 테니까."

"하겠지 말입니다!!"

나와 커틀러스는 무기를 손에 들고서 앞으로 나섰다.

가고일 두 마리는 아직 움직이고 있다. 그놈들은 쓰러진 라란벨 남작 영애를 둘러싸고서 '갸갸?' '갸갸갸?' 소리로 외치고 있다. 책임을 떠넘기려는 것처럼, 서로 때리면서.

"너희 주인을 쓰러트린 건 저놈들이잖아!! 당장 죽여버려!"

'베일'이 우리는 가리키면서 말했다.

끼긱, 하고 돌이 삐걱거리는 소리와 함께, 가고일 두 마리가 우리를 봤다.

"레기, 레벨2를 써도 괜찮겠어?"

'주인님은 몇 번 휘둘렀나?'

"16번 정도."

'그렇다면, 문제없다. 해 봐라!!'

"알았어!!"

나는 마검 레기를 꽉 쥐고, 앞으로 나섰다.

"커틀러스는 '베일'을 막아! 난 이놈들을 부숴버릴게!!"

"알겠지 말입니다!!"

뛰쳐나가는 내 뒤에서, 커틀러스가 따라왔다.

팔이 네 개 달린 가고일은 무기를 손에 들고, 우리를 향해 달려왔다.

거리과 간격은 레기에게 맡기고, 엇차.

'지금이다, 주인님! 해치워라!!'
"발동! '지연 투기 LV2'!! 2분의 1!!"

나는 레벨이 올라간 '지연 투기'를 발동했다.
거대해진 마검 레기가, 첫 번째 가고일이 몸통에 파고들었다.

'끄가아아아아!!'
위력은 16의 절반, **8번** 휘두른 만큼. 레기의 검은색 칼날은 가고일의 몸통에 파고들었고, 두 쪽을 내버렸다. 상반신과 하반신이 분단된 가고일은 그대로 쓰러졌다.
'주인님! 또 한 마리는 왼쪽에서 온다! 그대로 빙글 돌아라!!'
"감사할게! 내 애검!!"
'최고의 호칭이 아닌가————!! 기쁘다 주인님!!'
검을 휘두를 기세를 타고, 나는 몸을 반 바퀴 회전시켰다. 또 한 마리의 가고일이 눈앞에 있다.

"발동!! '지연 투기 LV2'!! 나머지 2분의 1!!"

퍼억.

비스듬하게 베어 올린 마검 레기가, 가고일의 오른쪽 다리부터 사타구니, 어깻죽지까지 베어 버렸다.

팔다리가 동강이 나버린 가고일이 바닥에 떨어졌고, 움직이지 않게 돼버렸다.

"레기? 괜찮아?"

'물론이다! 위력을 알고 있으니까, 오히려 부담이 적다!'

이거 봐라, 힘이 넘친다고 말하는 것처럼, 마검 레기의 칼날이 떨렸다.

'그리고, 이렇게 하면 주인님이 공격한 뒤에 빈틈도 없앨 수 있으니까, 나도 안심이 된다.'

마검 상태의 레기가 웃는 것처럼 칼날을 떨었다.

레벨 2가 된 '지연 투기'의 능력은――

『지연 투기(딜레이 아츠)』 LV2

휘두른 숫자만큼 칼의 공격력을 '휘두르지 않은' 것으로 해서 모아둔다.

해방하면 휘두른 만큼의 위력이 더해진 일격을 날릴 수 있다. 공격 범위도 확대된다.

레벨 2가 되면서 공격을 두 번으로 나눠서 발동할 수 있게 됐다.

'예를 들어 20번 휘두른 경우, 「10번 몫의 공격력+공격 범위」의 2회 공격이 가능하다.'

"그럼, 커틀러스. 저놈을 붙잡자."

"알겠습니다!!"

자세가 무너진 내 뒤에서, 커틀러스가 앞으로 나섰다.

"──아쉽게 됐구나."

'베일'이 말했다.

놈은 바닥에 앉아서, 마법진 위에 놓인 아뮬렛을 건드린 뒤에, 일어났다.

"전이의 문은 열렸다! 이미 늦었단 말이다!"

바닥에 그려진 마법진이 빛났다.

역시 저 아뮬렛이 전이용 아티팩트인가.

"'위대한 자. 이곳으로! 당신의 종이 도움을 청하고 있습니다. 부디, 우리의 적을 물리쳐 주소서!!'"

조금 전에 엿들었을 때, 이 녀석이 뭐라고 했었더라?

다른 한 곳으로 연결된 전이의 문을 여는 건, 최후의 수단──이라고. 두목을 부를 셈인가?

"커틀러스는 왼쪽. 난 오른쪽에서!"

"알겠습니다!!"

우리는 좌우로 갈라졌다. '베일'인 좌우를 둘러보고, 내 쪽을 봤다.

날 노리기로 정한 것 같다. 예상대로다.

"이미 늦었다. 쓰레기 놈들!!"

우어어어어어어어어어어어어어!!

'베일'의 고함소리에 맞춰서, 마법진의 빛이 더 거세게 빛났다.

"이런 일도 있을까 싶어서 준비해둔 비장의 카드가 온다! 네 놈들 따위는 전부 죽여버릴 것이다!!"

'베일'이 팔을 휘둘렀다.

"가라! '빙결 칼날(아이시클 블레이드)'!!"

공기가, 얼었다.

방 안에 냉기가 가득 차고, '베일'의 머리 위에 얼음 칼날이 나타났다. 숫자는 세 자루. 길이는 몇 미터. 곧장, 나를 향해서 날아온다.

"발동! '유수 검술'── LV2!!"

스르릉.

검은 칼날이 얼음 칼 세 자루를, 단번에 휘감아 버렸다.

지금까지는 적의 칼을 흘려낼 뿐이었다.

하지만, 레벨 2가 된 '유수 검술'은 또 다르다.

스르르르릉!

검은 칼날이 호를 그리고, 얼음 칼을 반전시켜서── '베일'을 향해 되돌려 보냈다.

"────뭐, 뭐라고?!!"

'베일'이 비명을 지르면서 바닥을 굴렀다.

응, 당연히 깜짝 놀라겠지. 자기가 날린 얼음 칼이, 자기를 향해서 날아왔으니까.

칼은 '베일'의 머리 위를 스쳤을 뿐. 역시 노려서 맞히는 건 무리였나.

하지만, 충분했다. 커틀러스에게 향하는 공격은 멈췄다.

"길은 열렸다. 커틀러스! 핀을 불러!!"

"주공으로부터 명령이지 말입니다! 나와라! 내 안에 있는⋯⋯ '나(핀)'!!"

'알겠사옵니다――――――!!'

커틀러스의 갑옷에서, 핀이 나타났다.

이게 우리의 비장의 카드다.

주의를 나와 레티시아에게 돌려서, 커틀러스에 대한 경계심을 낮춘다.

커틀러스가 충분히 가까이 다가갔을 때, 핀을 불러낸다.

레기도 시로도 핀도, 모습은 보이지 않아도 여기에 있다. 언제든 힘을 빌려준다.

이 전력 차이를 알아차리지 못한 시점에서, 승부는 이미 결정됐다.

"'주공의 적은 격멸! (이지 말입니다) (입니다)――――――――!!'"

커틀러스가 핀의 팔을 잡고, 자신의 분신을 집어던졌다.

핀의 몸이 하늘을 날았다. 마법진 위에 놓은 아뮬렛을, 건드렸다.

'발동 '즉시 신성 기물 장악(아티팩트 룰러)'!!'

핀의 목소리가, 저택 안쪽의 방안에 울려 퍼졌다.

'어리석은―― 자여――'

목소리와 함께, 갈고리발톱이 달린, 검은색 팔이 마법진에서 튀어나왔다.

"바보 같은 것! 무슨 짓을 해도 전부 늦었다! '그분'이 내게 주신, 최강의 사역마가 여기에──!!"

"그렇구나. 악마 같은 사역마구나. 모습은 확인했으니까 이제 됐어. 문을 닫아. 핀."

'예. 알겠습니다.'

'내 주인의 적⋯⋯⋯⋯⋯. 저기────── 잠깐?'

마법진에서 빛이 사라졌다.

나오려던 악마 같은 팔이 뿅, 하는 느낌으로, 마법진 안으로 들어가 버렸다.

그걸로 끝이었다.

"어? 어? 어어어어어어어?"

"이제야 조용해졌네." "끝났네요."

주저앉은 '베일'을, 나와 커틀러스, 핀이 포위했다.

전이용 아뮬렛은 '즉시 신성 기물 장악'으로 지배했다. 이젠 이쪽 소유물이다.

"이번에야말로 이야기를 들려주실까. '베일'."

내가 말했다.

"당신의 목적. 배후에 있는 자. 그리고, 왕가와의 관계에 대해서. 당신은 우리를 앞뒤 가리지 않고 죽이려고 했어. 그 정도는 들을 권리가 있겠지?"

제8화 「『치트 스킬』 VS 『치트 스킬 봉하기』 VS 『치트 스킬 봉하기 받아치기』」

"좋다…… 어째서 너희가 죽어야 하는지 정도는 가르쳐 주도록 하겠다!"

'베일'은 드레스 속에서 단검을 뽑아 들고서, 소리쳤다.

이쪽은 궁지에 몰아넣었다고 생각했는데, 저쪽 생각은 아닌가 보네.

"저승길 선물로——"

"그런 건 됐고. 빨리 집에 가서 자고 싶으니까, 짧게 해줘."

"————!"

공포와 분노 때문에 얼굴이 새빨개진 '베일'이 이야기를 시작했다.

엄청나게 빨라서 알아듣기 힘들었지만, 정리하자면——

· '베일'의 일은 귀족에게 '마법 아이템'이나 '치트 스킬'을 알선해주는 것.

· 그 목적은 왕가와 귀족의 힘을 강화하기 위한 것. 이 나라의 귀족은 초대 국왕과 같이 나라를 세운 자들의 자손이기 때문에, 영웅이 되고자 하는 바람이 있다. 그것을 자극하면 알아서 마물과 싸워준다.

· 그녀는 이 지방의 거점 관리자로서, 귀족을 상대하는 거래를 맡고 있다.

· '어떤 분'께 스킬을 받아서, 이 일을 시작하게 됐다는 것 같다.

──라는 얘기였다.

"그래서, 중요한 부분인데. 당신은 클로디아 공주 본인이 아니라는 거지?"

이번 일과 클로디아 공주가 관계가 없을 리가 없다.

귀족을 호출한 건 클로디아 공주였고, 라란벨 남작 영애는 클로디아 공주의 '학우'였으니까.

"──그것은── '인격 이식 아이템의 프로텍트가 발동했습니다'── 나는 '계약'해서── '제3자에게 오리지널 인격의 정보를 유출하는 것은 허락되지 않습니다'── 이다."

"그렇구나. 한마디로 그 가면은 클로디아 공주의 인격과 기억을 다른 사람에게 복사해 주는 물건이고, 그걸 장착한 당신은 소위 말하는 '클로디아 공주의 복사판'이라는, 그런 얘긴가."

"──크윽."

'베일'이 말문이 막혔다. 정답인 것 같네.

말을 못 하게 만드는 시스템인 것 같지만, 경고가 나온 시점에서 다 들킨 거야.

"⋯⋯클로디아의 괴로움은 그 누구도 모른다. 24시간, '자애로운 공주님' 같은 짓을 어떻게 할 수가 있겠나. 클로디아의 마음을 구해주기 위해, 내가 '베일'이 된 것이다⋯⋯."

"부하를 써서 스트레스를 발산하는 건가."

완전히 블랙 상사잖아, 그거.

게다가 자기 복사판── 그림자까지 써서.

"아니다! 귀족에게 이용당하고 버림받은 나를, 클로디아 공주 전하가 구해주시고 큰 임무도 맡겨주셨다! 힘든 건 지금뿐……이라고! 그분은 나중에 '베일'의 가면을 쓰고, 내가 느낀 고통까지도 나눠 받을 것이다……."

"당신 본명은? '베일'은 아니겠지?"

"…………윽."

"말을 못 하게 '계약' 당한 건가……."

한마디로 클로디아 공주가 귀족들 상대로 제멋대로 굴기 위해서 '베일'을 만들어냈다. 그녀는 클로디아 공주 행세를 하고, 그 경험을 나중에 공주 본인에게 전한다. 공주는 그것을 'VR 폭군 체험'처럼 즐기고…… 라는 뜻인가.

"……악취미네. 공주도, 그 가면을 만든 놈도."

"악취미라고 하지 마라! 클로디아 공주님이 성과를 올리기 위해서── 그분은── 힘을."

말하다가, '베일'은 손으로 입을 막았다.

그녀의 입이 가벼워진 건, 레티시아의 '품격 억제(엘레강트 다우너)' 덕분이다. 그 스킬은 대상의 품격── 다른 사람들 앞에서 취해야 할 태도나 이성──을 억제하는 효과가 있다.

그래서 말을 멈추지 못하게 돼버렸는데, 아무래도 더 이상은 말할 생각이 없는 것 같다.

"그러니까 당신은, 클로디아 공주의 스트레스 발산을 위해서 이런 짓을?"

갑자기, 레티시아가 소리쳤다.

"귀족을 납치해서 이상한 것을 팔아넘기려고 하다가, 거절하면 죽이려고 들다니……."

"클로디아 공주님이 성과만 올리면, 그걸로 된다."

'베일'은 입으로만 씩, 하고 웃었다.

"너는 모를 것이다. 24시간 내내 '자애로운 공주님' 행세를 해야만 하는 고통을. 사람들 앞에서 큰 소리를 내지도, 감정을 있는 그대로 드러내지도 못한다. 계속 그렇게 살다 보면, 다른 사람이 되고 싶다는 생각도 들겠지."

"당신은 그걸 위해서, 클로디아 공주님의 그림자가?"

"그래. 클로디아 공주님은 내 모든 것. 그분의 기분만 풀리신다면, 난 아무 문제 없다. 귀족을 조종하는 건 재미있으니까."

'베일'은 레티시아의 얼굴을 보면서 크큭, 하고 웃었다.

"그놈들은 무슨 수를 써서든 영웅이 되고 싶어한다. 마검을 찾으러 가고 싶네, 왕자님과 결혼하고 싶네, 한도 끝도 없다. 그래서 '힘을 주겠다'라고 말하면 누군지도 모르는 나조차도 따르게 되지. 그런 귀족들이 존엄하다고 생각하나? 네놈은."

"설마, 그런 생각을 할 리가 있겠습니까."

레티시아는 어깨를 으쓱거렸다.

"다른 귀족이 그렇기 때문에, 저는 사람들을 지키는 '정의의 귀족'이 되고자 하는 겁니다."

"헛소리하지 마라!"

"예, 헛소리라고 해도 좋습니다. 왜냐하면, 이건 제 자기만족이니까요."

그렇게 말하고, 레티시아는 상냥한 미소를 지었다.

"귀족 따위는 노예와 다를 게 없습니다. 제 '학우' 레티시아 미르페."

갑자기 '베일'의 말투가 달라졌다.

마치 클로디아 공주 본인이라도 되는 것처럼 우아하게, 왕족처럼 예를 갖추고서, 말했다.

"이것이 바로 클로디아의 본심. 이 가면이 가르쳐 주죠."

"그렇다면 저는 '정신 차리세요'라고 말할 뿐입니다."

"시끄럽다! 네 본성을 드러내게 해주마!!"

'베일'이 단검을 치켜들었다. 그리고―― 그걸로 자기 손바닥을 찔렀다.

손바닥에서 새빨간 피가 뿜어져 나왔다.

"이것이―― 그분께서 주신, 클로디아 공주님을 지키는 힘이다. 아무리 강한 스킬을 가지고 있어도 나한테는 이길 수 없다는 걸 뼈저리게――"

말하던 '베일'의 몸이 펑, 하고 튀었다.

등에 격돌한―― 커틀러스의 '방패'에 맞은 충격으로, 몸이 'ㄱ' 모양으로 접혔다.

"뒤에서 실례하지 말입니다. 발동―― '호 · 중단 순격'."

『호 · 중단 순격(캔슬링 실드 차지)』
방패로 날리는 묵직한 일격으로, 적에게 거대한 충격을 준다.

이 기술에 맞은 적은 일정 시간 동안 자기 턴이 취소된다.

영창은 중간에 멈추고, 쥐고 있는 무기를 휘두르지 못하게
된다.

작전 성공이다.

나와 레티시아의 역할은 '베일'의 관심을 끄는 것.

그 틈에 커틀러스가 등 뒤에서 접근하고 있었다. 저 녀석을
'호 · 중단 순격'으로 무력화시키기 위해서.

"크헉!!"

'베일'의 몸이 바닥에 쓰러졌다.

'베일'의 손바닥에서 '얼음 칼'이 튀어나왔다. 영창은 완료돼
있었다. 막지 못했다.

하지만, 목표에서 빗나갔다. 게다가 자기 손바닥을 스쳤고.
그래서 칼에 빨간 것이 묻어 있다.

괜찮아. 기세도 약하니까, 간단히 피할 수 있어——

"……제, 젠장. 대체 무슨 일이 일어난 거냐. 그 베일 쓴 계집!!"

레티시아 뒤쪽에서 목소리가 들려왔다.

처음에 쓰러졌던, 귀족 남성이다. 기절해 있던 그 사람이 레
티시아 뒤쪽에서 일어섰다.

레티시아가 '얼음 칼'을 피하면—— 제대로 맞겠는데?!

"무슨!!"

까아아앙!

레티시아는 '숏 소드'로 '얼음 칼'을 쳐냈다.

'얼음 칼'이 부서지고, 파편이 레티시아에게 쏟아졌다.

"……뭡니까…… 이건."

레티시아가 털썩, 무릎을 꿇었다.

레티시아의 칼과 팔에 빨간 얼음이 뒤덮여 있었다.

"맞았구나. 내 스킬 '능력 봉인 빙결(스킬 프리저)'을!"

'베일'이 소리쳤다.

"내 손에서 나온 피와 얼음에 접촉한 자는, 몸속에 있는 스킬을 봉인 당하는 것은 물론이고, 기억과 감정까지 서서히 얼어붙는다! 거래에 응하지 않았던 귀족 놈들처럼. 아무것도 못 하는 인형이 되어라!!"

"스킬 오염 스킬인가?!"

방심했다.

'안개 계곡'에서 내방자가 화염계 오염 스킬 '능력 기생 마염(스킬 플레이머)'을 사용했었다. 그래서 스킬 오염계 기술은 전부 화염계라고 생각했었는데. 얼음 버전도 있었을 줄이야——

"너도, 스킬 오염 스킬을……?"

"화염 2쌍과 얼음 2쌍. 우리 '제8세대 용사'는 최강이다! 스킬 오염계 스킬은, 그 밖에도 더 있다. 그 스킬을 사용하는 **'청소부'**의 손에 죽어라!! 전부 다 죽어버려!!"

'베일'은 큰 소리로 웃고 있다. 마치, 이겼다고 자랑하는 것처럼.

"열 받는단 말이야, 넌! 정의의 귀족은 얼어 죽을!! 그런 감정까지 다 잊어버려!"

"닥쳐!"

정신을 차려보니, 나는 '베일'의 멱살을 잡고서 집어던지고 있었다.

"…………히, 히익. 아, 아아아."

"……뭐야."

왜 그렇게까지 겁먹은 얼굴인데?

……내가 그렇게 무서운 얼굴을 하고 있나……?

"커틀러스는 '베일'을 묶어놔. 눈도 가려주고. 미안하지만 저기 있는 남성도."

"아, 알겠습니다."

커틀러스가 차려자세로 고개를 끄덕였다.

지금부터 일어날 일은 누구에게도 보여주고 싶지 않으니까.

"정신 차려, 레티시아."

"……괘, 괜찮습니다……."

레티시아는 새파란 얼굴로, 날 보면서 말했다.

'베일'이 만들어낸 얼음은 레티시아의 팔에 달라붙어 있었다.

거기서부터 얼음 선이 뻗어 나와서, 가슴까지 도달해 있다.

"자기 스킬 상태는 알 수 있어?"

"……'회전 순격(실드 스크램블)'을 쓸 수 없는 것 같습니다. 꺼낼 수도…… 없고. 그리고, 엄청나게 춥습니다……."

"추워?"

"마치…… 마음이, 얼어붙는 것 같습니다."

"알았어. 내가 어떻게든 해볼게."

나는 레티시아의, 얼어붙지 않은 손을 잡았다.

"그러니까, 한 번이면 돼. 나와 주종계약을 해줬으면 싶어."

"주종계약…… 제가, 나기 씨의 노예가?"

레티시아는 날 똑바로 보면서 고개를 끄덕였다.

"나기 씨가 의미 없는 일을 할 리가 없습니다. 주종계약을 통해 스킬에 개입해서, '베일'의 스킬 효과를 제거하려는 거죠?"

"주종계약의 조건은 '레티시아 미르페는 스킬 오염을 제거해주는 대가로, 소마 나기의 노예가 된다. 계약 해제 조건은, 소마 나기가 스킬 오염 제거의 정보를 얻는 것'."

"예?"

"그러니까, 레티시아는 스킬 오염을 제거해주는 대신에 내 노예가 되는 거야. 난 스킬 오염 제거 방법을 알게 되는 걸 보수로, 레티시아를 노예에서 해방하고. 그러니까, 레티시아가 내 노예가 되는 건, 스킬 오염을 제거하는 동안만이야."

계약의 대가는, 스킬 오염 제거.

계약의 보수도, 스킬 오염 제거.

대사와 보수가 완전히 동등. 이 정도라면 일시적인 주종계약으로도 어떻게든 되겠지.

"……알겠습니다."

"괜찮겠어?"

"나기 씨가 하는 일이니까, 승산은 있다는 뜻이겠죠?"

레티시아는 내 손을 잡은 채, 빙긋 웃었다.

비관하는 기색이 하나도 안 보이네. 그게 레티시아의 좋은 점이지만.

전에 레티시아가 이 나라 높은 사람이 됐으면 좋겠다고 말했는데, 반 정도는 진심이다. 레티시아가 그런 사람이 되면, 이 세계가 훨씬 살기 좋은 곳이 될 것 같거든.

그런 레티시아를, 오염 스킬 따위에 희생되게 둘 수는 없어. 절대로.

"승산은 있어. 맡겨둬."

"그럼, 부탁드리겠습니다."

그렇게 말하고, 레티시아는 '계약의 메달리온'을 내밀었다.

우리는 아까 정한 계약 조건을 말하고, 메달리온을 부딪쳤다.

""『계약』.""

스륵, 하고. 레티시아의 목에 가죽 목줄이 감겼다.

"……뭔가 이상한 기분이군요."

"불편해?"

"그것보다…… 근질근질합니다."

"근질근질?"

"나기 씨한테서, 따뜻한 것이 흘러들어오는 것 같은. 그것이 제 가슴 속에서 소용돌이치는 것 같은…… 나쁜 기분은, 아니지만."

"힘들면 말해. 살살 할 테니까."

"아, 알겠습니다……."

나는 레티시아의 등에 손을 뻗어서, 가죽 갑옷 끈을 풀었다.

레티시아는 "으음" 하고 작은 소리를 냈지만, 내가 하는 대로 가만히 있다. 갑옷 속에 있는 것은 얇은 평상복. 그 가슴에, 손을 얹었다. 레티시아의 몸이 아주 조금 차가워져 있다. 오염의 영향인가. 빨리 제거해야겠다.

"……친구가 가슴을 만지는 건 처음이군요."

"……나도 친구 가슴을 만지는 건 처음이야."

"…………."

"…………."

……어색하다.

레티시아는 날 똑바로 보고 있다. 나도 평소와 다르게 마음이 놓이질 않고. 레티시아가 내 노예가 되는 건 몇 분 동안. 그렇게 나 자신에게 말하고, 나는 레티시아의 스킬을 열어봤다.

『회전 순격(실드 스크램블) LV1』

『방패』――『얼음』로『적』――『얼음』을『휘젓는』――『얼음』 스킬.

'개념' 칸에 얼음이 달라붙어 있다. 이게 마력과 의사 전달을 방해하는 건가.

그렇다면 대처할 수 있을 거야.

'회전 순격'은 내가 '재구축'한 스킬이다. 구조는 알고 있어. 일단 '재구축'한 스킬을 다시 '재구축'할 수는 없지만, '개념'을 움직이는 정도는 할 수 있을 테니까.

나는 '얼음'을 건드리지 않도록, 스킬 '개념'에 '마력 실'을 감았다.

"조금 자극이 갈 거야, 레티시아."

"괘, 괜찮습니다. 절 뭐라고———?!"

움찔.

마력을 흘려 넣었더니, 레티시아의 등이 크게 떨렸다.

"뜨, 뜨겁…… 뭡니까, 이건……."

"지금, 내 마력을 흘려보내고 있어. 이걸로 얼음을 녹일 수 있으려나……."

『회전 순격 LV1』
『방패』『얼음』로『적』『얼음』을『휘젓는』『얼음』스킬.

좋았어. '개념'에 얽혀 있던 얼음 실이 빠졌다.

이제 '개념'을 조금만 움직여서———

『회전 순격 LV1』
『방패』 『얼음』 로『적』 『얼음』 을『휘젓는』 『얼음』
스킬.

"으음———!"

꼬옥…… 털썩.

레티시아는 두 다리를 들어 올리고—— 발끝을 꼬옥, 하고 오므리고── 그대로, 힘이 빠졌다.

"괜찮아? 좀 더 천천히 하는 쪽이……?"

"개, 갠찬, 다거, 했자나여!"

레티시아는 눈물을 글썽이면서 나를 봤다.

"아무튼! 빨리 끝내세요…… 안 그러면…… 제가…….."

"?"

"아무것도 아닙니다."

레티시아는 원망하는 것처럼 날 째려봤다.

빨리 끝내는 데는 나도 찬성이야. 대처 방법은, 이제 알았어.

연결된 상태에서 내 마력을 흘려 넣으면, 주종계약을 한 사람은 열기를 느낀다. 그게 얼음을 녹여준다. '개념'을 움직이면, 얼음은 버틸 게 없어져서 빠질 테고. 그러니까──

"이걸로 끝── 이다."

"아…… 아. 으음────────!"

레티시아의 몸이 떨리고, 등이 뒤로 크게 휘었다.

나는 '회전 순격'에 마력을 흘려 넣어서, '개념'을 움직였다.

그리고 스킬 바로 위쪽에서 톡톡, 하고 두들겼더니──

『회전 순격 LV1』

『방패』 로『적』 을『휘젓는』 스킬.

　↓↓↓　　↓↓↓　　　↓↓↓

　　→『얼음』　→『얼음』　　→『얼음』

"얼음이 떨어졌다! 지금이다!"

"아, 잠깐…… 나기 씨! 지금, 건드리면── 안 돼요───!!"

톡, 톡톡톡.

나는 마력을 흘려 넣으면서, 동시에 레티시아의 등을 두드렸다.

"으음───────!!"

레티시아가 고개를 뒤로 젖히면서 소리를 질렀다.

레티시아의 가슴 한복판에서, 얼음 조각이 튀어나왔다.

원래 마력으로 만든 것이라서 그런지, 가볍다. 그 얼음은──
먼 거리를 날아가서──

얼음을 만들어 낸 본인── '베일'의 몸에, 달라붙었다.

""""아.""""

"꺄───────!!"

절규.

스킬을 오염시키고 기억과 감정까지 파괴해 버리는 얼음은,
망설이지도 않고 '베일'의 몸 안으로 들어가 버렸다.

그 뒤에 어떻게 됐는지…… 밖에서는 알 수가 없다.

"…………아. 아으…… 으어어. 추…… 워…… 아. 아윽."

'베일'은 흐릿한 눈으로 우리를 보면서, 정신을 잃었다.

……어쩌지.

……아니, 어떻게 할 방법이 없나.

"뒷일은 이르가파 정규군한테 맡길까."

"그래야겠죠."

"그렇지 말입니다."

'베일'과 라란벨 남작 영애는, 협력해서 시내에 가고일을 풀어 놨다.

이르가파 정규군이 체포할 이유는 충분하다.

"그런데 주공, 저건 어쩌지 말입니다?"

커틀러스는 방 중앙에 있는 마법진을 가리켰다.

바닥에서, 얼음 조각이 꿈틀거리고 있다.

"핀. 저 마법진 말인데, 아직도 그 이상한 마신 같은 생물이 있는 곳과 연결돼 있어?"

'연결돼 있어요. 주공.'

내가 물어보자, 잠옷 차림의 핀이 커틀러스의 머리 위에 나타났다.

'지시하신 대로, 전송을 일시적으로 정지했을 뿐이니까요.'

"그쪽이 어떤 상황인지는 알 수 있어?"

'예. 여기에 전송하는 곳이 안전한지 아닌지, 확인하는 능력이 딸려 있거든요.'

핀은 수정이 달린 아뮬렛을 들어 올렸다.

'그 마신이 있는 곳은…… 상업 도시 메테칼 방향. 장소는 밀폐된 공간입니다.'

"주위에 사람은?"

'없습니다.'

"그럼, 아무한테도 민폐는 안 끼치겠지?"

'안 끼치겠죠?'

나와 핀은 서로 마주 보면서, 씨익.

왠지 재미있어졌는데.

내 친구를 오염시키려고 했던 놈의 동료다. 어느 정도 보복을 해줘도 불만은 없겠지.

"핀. 그 공간과 여기를 다시 한번 연결하고, '마신'이 나타나면 바로 해제해."

'알겠습니다.'

'주인님. 이 몸도 괜찮겠나?'

갑자기 등 뒤에서 펑, 하고 피규어 크기의 레기가 나타났다.

'사실은 이 방의 문 너머에, '애시드 슬라임'이 대기하고 있다.'

"애시드 슬라임?"

『애시드 슬라임』

강력한 산성의 적색 슬라임. 금속을 녹여서 먹는 습성이 있다.

건드리면 산성 때문에 피부와 살이 녹아버리기 때문에 상당히 위험하다.

보물상자나 항아리에 넣어서 트랩으로 사용하는 경우도 있다.』

'이 몸의 『용액 생물 지배』에 반응이 와서 말이다, 불러뒀다. 원래는 '베일'인가하는 놈을 등 뒤에서 덮칠 예정이었는데, 거기엔 제때 맞추지 못했다.'

"왜 그런 게 있는데?"

'문 밖에 있는 항아리 안에 갇혀 있었던 것 같다.'

"함정인가."

'아마도.'

우리가 항아리를 깨트린다든지 하면, 애시드 슬라임이 튀어나오게 돼 있었던 거구나.

"그리고, 문 밖에 또 뭐가 있지?"

'문손잡이를 건드린 병사 두 명이, 손발이 얼어붙어서 움찔움찔하고 있는 것 같다. 그 녀석들이 쓰러진 충격 때문에 항아리가 깨졌다.'

"……꼼꼼하기도 하셔라."

문손잡이를 건드리면 '베일'의 '스킬 오염 스킬'이 발동하게 돼 있었던 건가~.

벽을 부수고 들어오길 잘 했네.

"뭐, 됐고. 같은 편이 돼준다면 좋지. 불러줘."

'음. 항아리에 가둬놓은 것 때문에 엄청나게 화가 나 있다. 한바탕 날뛰고 싶은 것 같군.'

조금 지나서, 문틈으로 새빨간 슬라임이 들어왔다. 숫자는 두 마리. 레기의 지시에 따라 마법진 위로 이동했다. 준비는 이걸로 된 건가.

"그럼 핀, 부탁해."

'알겠습니다. 「전이 술식 전개」하도록 하겠습니다!'

핀은 공중에 뜬 채, 잠옷 옷자락을 살짝 집어서 들어 올리며 꾸벅.

마법진이, 빛났다.

희미한 진동과 함께, 마법진에서 거대한 무언가가 나오려고
한다.

'어리석은── 자여.'
갈고리발톱이 달린 시커먼 팔이, 마법진에서 나왔다.

찰싹.

스킬을 오염시키는 얼음이, 검은 팔에 달라붙었다.
'내 주인의 적…… 어라. 꺄───────!!'
그리고 마법진 위에 있던 두 마리의 '애시드 슬라임'이 저쪽으
로 전이됐다.
'아?! 뭐 하는 거냐?! 왜 슬라임이 여기에?! 하, 하지 마! 이
거점을 부수지 마라──! 아, 안 돼! 그 아이템을 먹으면──!!'
"이제 됐어, 핀."
『전이 술식 해제』. 전이 대상을 아뮬렛에서 제거하겠습니다.'

쏘옥.

검은 팔이 도로 들어갔다. 바닥에 그려진 마법진에서 빛이 사
라졌고.
그게 전부였다.
"정말, 인정사정없군요, 나기 씨."

고개를 돌려보니 레티시아가 질렸다는 표정으로 날 보고 있었다.

"당연히 이 정도는 해줘야지. 내 친구 스킬과 기억을 망가트리려고 했으니까."

"…………흐~응."

레티시아는 볼을 빵빵하게 부풀리고, 고개를 돌렸다.

하얀 목에 감겨 있던 목줄은 어느새 사라졌다.

'오염 제거 방법을 알고 싶다'라는 내 바람이 이뤄졌으니까, 계약이 해제된 것 같다.

"저기, 나기 씨."

하지만 레티시아는 목을 쓰다듬으면서, 날 보고,

"아까 있었던 일은, 아이네랑 다른 사람들한테는 비밀로 해줄 수 있을까요."

"응. 알았어."

"쉽게 대답하는군요."

"레티시아도 귀족이니까. 누군가의 노예가 됐었다는 걸 알리기 싫어하는 심정은 이해해."

"차, 착각하지 말아 주세요! 긴급한 상황에서, 친구의 노예가 된 정도는 신경 쓰지 않습니다! 제가 신경 쓰는 건…… 제가…… 그대로 흘러가는 대로……."

레티시아는 가슴에 손을 얹고, 그리고는, 고개를 살짝 숙이고 날 올려다보면서——

"아, 아무것도 아닙니다! 어쨌거나 비밀입니다! 알겠죠!!"

"알았어. 나와 '레티아'의 비밀로 해둘게."

그렇게 말했더니 레티시아의 얼굴이 펑, 하고 새빨개졌다.

"아, 아니지. 나랑 레티시아랑 커틀러스랑 핀이랑 레기의 비밀로 하자."

"구경하는 사람이 의외로 많았군요——!!"

레티시아가 머리를 쥐어뜯었다.

나는 커틀러스와 핀, 어느샌가 나타난 레기를 보면서, 입술에 손가락을 대고 "비밀이야"라고 작은 소리로 말했다. 셋도 같은 포즈를 하면서 "비밀이지 말입니다" '비밀, 말이죠' '비밀이다~'라고 말해줬다. 다들 이상할 정도로 상냥한 눈빛이었지만.

나는 세실과 이리스에게 '이쪽은 다 끝났어. 괜찮아'라는 메시지를 보냈다. 다들 걱정해줬으니까. 이제 안심할 거야.

남은 건…….

"다른 사람들이 오기 전에, 집안을 뒤져볼까."

그렇게 말했다.

레티시아, 커틀러스, 핀, 레기가 손을 들면서 """"찬성~""""이라고 말했다.

이 저택에 '하얀 길드'와 관계된 단서가 있는지, 찾아보자.

제9화 「심야의 다 같이 자기 파티와 『아티팩트』 사용 방법」

""""……끝났다~!""""

나와 레티시아와 커틀러스는 바닥에 주저앉았다.

집안 뒤지기 종료.

이 저택에 있었던 '신성 유물(아티팩트)'은 그 아뮬렛 뿐이었다.

그 밖에 찾아낸 것은 마법이 걸린 방패와 활과 화살이 하나씩. 그리고 금화 수십 닢.

또, 양피지에 적힌 매뉴얼이 있었다. '가고일'한테 항구도시 이르가파를 공격하게 한 뒤에 구하는 데까지의 순서. 그리고 그 것 덕분에 클로디아 공주에게 감사할 사람들의 예상 숫자. 그리고 매직 아이템을 줄 예정인 귀족의 이름. 마지막에 '학우' 레티시아 미르페를 어떻게 이용할지에 대해서까지 적혀 있었다.

"이걸 보면, 레티시아가 사람들을 도운 것도 클로디아 공주의 지시라는 설정으로 돼 있는데……."

대단하다. 나쁜 의미로.

"레티시아가 개인적으로 행한 '정의'까지 자기 공으로 삼을 셈 이었다니."

"너무 질려서 말도 안 나오는군요."

레티시아가 어깨를 으쓱거렸다.

"그런데 주공, 여기 적힌 '왕가 공헌 포인트'라는 건 대체 뭐지 말입니다?"

"그러니까…… 왕가의 편을 늘리거나 유력한 귀족을 부하로 만들면 받을 수 있는 포인트라는데. 이게 많으면 많을수록 왕위 계승권에서 위로 올라갈 수 있다는 것 같고."

"그래서, 그 포인트를 모으는 걸 돕게 하려고 '하얀 길드'와 계약을 했다는 건가요?"

"그런 것 같아. 그 마신도, 매직 아이템도 '신성 유물'도, 그 길드에서 지급한 게 아닐까."

"왠지, 말입니다."

커틀러스가 긴 한숨을 쉬었다.

"저는 '자애로운 공주님'을 조금 동경하고 있었는데 말입니다."

"그래서 안 만날 거야?"

"아니지 말입니다. 오히려 어떻게 생긴 사람인지 보고 싶어졌지 말입니다."

커틀러스는 후후후하고, 어깨를 흔들면서 웃었다.

정말로 화가 난 것 같다.

'자애로운 공주님'은 다른 왕족이나 귀족과 다를 거라고 생각했으니까, 환멸을 느끼는 것도 어쩔 수 없는 일이겠지.

"저도 같은 생각입니다. 제가 존경하는 공주님보다 얼마나 모자란 자인지, 직접 보고 싶군요."

"오, 레티시아 님은 존경하는 공주님이 있으신 거지 말입니다?"

커틀러스가 깜짝 놀라면서 물었다.

전혀 모르는 것 같은 그 얼굴을 보며, 레티시아는 재미있다는 것처럼 웃었다.

"'베일'의 아이템은 증거품으로, 영주님께 넘기자. 이 아뮬렛과 가면은……."

아뮬렛은 핀이 지배하고 있으니까 다른 사람은 쓸 수 없다. 이 가면도 상당히 위험한 아이템이다. 내가 확인한 뒤에 넘기는 게 좋겠지.

그러고 보니까, 마법진으로 연결된 곳에 대한 정보도 있었지.

핀의 말에 의하면, 그곳은 던전의 어떤 방으로 연결돼 있다는 것 같다. 장소는 항구도시 이르가파와 상업 도시 메테칼의 중간 지점. 돌아가면 자세한 위치를 조사해보자.

'베일'과 라란벨 남작 영애는 묶고 눈을 가리고 귀도 막았다. 귀족 남성과 그 일행들도 날뛰는 탓에 구속해뒀고. 적 병사들도 똑같이 해서 밖에다 내놨다.

이제 우리 동료가 마중 오기를 기다리기만 하면 되는데.

'와우————우우우우우우우우우우웅!!'

그런 생각을 했던 그때── 하울링 소리가 들려왔다.

방의 벽에는 커다란 구멍이 뚫려 있다. 옆방 외벽 구멍을 통해서 밖에 있는 숲이 보인다.

달빛이 비치는 나무들 저 너머에, 금색 짐승의 모습이 희미하게 보인다.

짐승은 이쪽을 향해서 곧장 달려왔다. 바람 가르는 소리가 들리는 것 같은 기분이 들 만큼 전력 질주다. 짐승은 그대로 방으로 뛰어들어와서, 점프.

공중에서 스킬을 해제하고── 리타의 모습이 돼서, 그대로 나한테 달려들── 잠깐?!

"으아아아아아아아아아아아아아앙!!"

"리타?!"

리타는 꼬옥, 날 끌어안았다.

눈물로 젖은 뺨을 나한테 비비면서, 눌러대면서, 눈물 섞인 목소리로──

"싫어! 없어지는 거 싫어!! 내가 모르는 데서 위험해지는 거 싫어!! 싫어!! 나기가 없는 거 싫어!! 싫어어어어어어어어어어!!"

"저, 저기, 리타⋯⋯."

"무서웠거든! 정말, 무서웠단 말이야아. 나기가, 주인님이⋯⋯ 내 손이 미치지 않는 데서⋯⋯ 위험한 일을 당한 건⋯⋯ 아닌가 하고⋯⋯ 무서워서⋯⋯ 어떻게, 해야 좋을지, 모르겠어서⋯⋯ 나기⋯⋯ 나기이!"

뚝뚝뚝뚝.

리타의 분홍색 눈동자에서, 눈물이 끊임없이 넘쳐났다.

"미안해, 리타. 걱정하게 해서, 미안."

"⋯⋯⋯⋯아냐⋯⋯ 나기는⋯⋯ 잘못 없⋯⋯."

리타는 새하얀 손으로, 두 눈을 훔쳤다.

"⋯⋯내가 멋대로⋯⋯ 걱정해서⋯⋯ 뭐야⋯⋯ 멈추질 않네. 눈물⋯⋯ 기껏 이렇게 만났는데⋯⋯ 이런 얼굴 보여주고⋯⋯ 아으, 으아⋯⋯⋯⋯ 으아아아아아아아아아아아아앙!!"

그대로, 리타는 큰 소리로 울어댔다.

마치 어린아이처럼, 엉엉, 하고.

동물 귀에도 꼬리에도 팔다리에도 풀과 흙이 붙어 있다. 리타는 '완전 수화'로 늑대 모습으로 변해서, 숲을 곧장 가로질러서 달려 와준 것이다.

결계가 있어도 고스트가 있어도, 리타한테는 안 통한다. 결계는 '결계 파괴'로, 언데드는 그 몸에 두르고 있는 '신성력'이 전부 정화해 버리니까.

하지만── 역시, 걱정하게 만든 것 같다.

"정말 미안해. 그리고, 고마워."

"으아아아아아아아아아아아아앙. 왕. 와우우우우우우웅!!"

내 말 안 듣네, 리타.

그리고, 자기가 옷을 안 입었다는 것도 눈치채지 못했고.

레티시아가 상냥한 얼굴로, 자기 웃옷을 벗어서 리타한테 걸쳐줬다.

사실은 내 웃옷을 걸쳐주고 싶지만, 리타가 날 꼭 끌어안고 있어서 움직일 수가 없다. 리타는 그야말로, 다시는 놓지 않겠다는 것처럼 꼭 끌어안고 있거든.

"괜찮아, 아무 데도 안 가."

"⋯⋯⋯⋯흐윽."

"그러니까 안심해, 자."

나는 리타의 머리를 쓰다듬고, 등도 쓰다듬어 줬다.

적은 쓰러트렸으니까, 리타가 진정될 때까지 몇 시간이 걸려도 문제없다.

한참 지나서, 리타의 동물 귀가 쫑긋, 하고 반응했다.

"……당황해서 죄송합니다. 주인님."

리타는 아쉽다는 것처럼 날 안은 팔을 풀고, 고개를 숙였다.

"주, 중요한 때에 곁에 있어 드리지 못한 것은, 노예로서, 통한의~"

"……갑자기 왜 그래, 리타."

"세실이랑 아이네가, 금방 온단 말이야!"

리타는 뿌~ 하고 볼을 부풀리고는, 나를 봤다.

"나한테는, 모두를 지키는 전위로서의 자존심이 있거든! 어린애처럼 엉엉 울면 창피하잖아."

"……저기, 여기 레티시아랑 커틀러스, 핀이랑 레기도 있거든."

"…………뭐."

리타가 눈이 휘둥그레졌다.

레티시아를 보고, 커틀러스를 보고, '훈훈한 미소'를 지으며 손을 흔들고 있는 핀과 레기를 보고——

"와우우우우우우우웅!"

얼굴이 새빨개져서, 손으로 얼굴을 가렸다.

"의, 의외로 구경하는 사람이 많았네!? 게, 게다가 나, 알몸?! 뭐야아아아!"

"레티시아 님과 반응이 똑같지 말입니다! 사이 좋지 말입니다!"

"전혀 기쁘지 않군요————!!"

그렇게 해서, 리타한테는 옷을 제대로 입히고.

말을 탄 세실과 아이네가 도착할 때까지 기다렸다가, 우리는 철수를 시작했다.

이리스가 보내온 메시지에 의하면, 이르가파 영주 가문의 병사들도 이미 이쪽으로 오고 있다는 것 같다. 병사들의 이동 코스는 알고 있다. 우리는 그걸 피해서 돌아가면 된다.

마지막으로 다 같이 손가락으로 짚어 가면서, 이상이 없는지 확인하고.

그렇게 해서 우리는, 정체불명의 조직이 자리 잡았던 저택에서 철수했다.

"다녀오셨어요오! 쉬실 준비는 다 해놨어요오~!!"

집에서는 베개를 끌어안은 라필리아가 기다리고 있었다.

거실의 가구를 전부 치우고, 바닥 전체에 요와 이불이 깔려 있었다.

베개는 사람 숫자만큼 준비해놨고. 다 같이 잘 준비가 완벽하게 돼 있다.

요에 그려져 있는 것은 '가고일'이나 '마신', '고스트'를 본뜬 마법진이었다.

"이거, 라필리아의 '대마 결계'?"

"맞아요! 여러분이 안심하고 주무실 수 있게, 마물이 와도 괜찮게 해뒀어요!"

라필리아는 에헴, 하고 가슴을 활짝 폈다.

세실도 리타도 아이네도 "우, 우와~"하고 감탄하고 있다.

레티시아는 "예?"라면서 고개를 갸웃거리고 있지만.

라필리아의 치트 스킬 『대마 결계』는, '대상 마물을 그린 마법진 위에 엎드려 있으면, 그 마물을 대상으로 한정한 배리어를 칠 수 있다'라는, 그런 스킬이다. 즉 여기서 데굴거리고 있으면 적이 쳐들어와도 안전하다는 얘기다.

──그렇게 말했더니 레티시아도 "우, 우와~"라면서 한숨을 쉬었다.

"대단하다…… 잘도 생각했네, 라필리아."

"힌트를 주신 건 마스터예요오."

"내가?"

"세실 님한테 들었어요. 마스터가 '돗자리'를 깔고, 다 같이 데굴데굴하고 싶어하신다고. 방 안에서도 '피크닉'을 할 수 있다고. 마스터의 소원을 이뤄드리고, 방어도 할 수 있는 방법을 생각했더니…… 이렇게 됐어요."

라필리아는 꼬물꼬물, 손가락을 움직였다.

"여러분, 마음 편히 쉴 틈도 없으셨죠? 그래서 푹 쉬시게 해드리고 싶어서, 열심히 생각해봤어요. 이리스 님도 아이디어를 제공해 주셨거든요?"

"이리스도?"

"예. '피크닉과 결계를 핑계로 오빠랑 같은 잠자리에서 데굴데굴해요!'라고 말하면서, 눈을 반짝반짝 거리시고──"

라필리아는 짝, 하고 손뼉을 쳤다.

"잠깐만요 라필리아 님——! 왜 그걸 말하는 건가요———!!"

아, 이리스다.

현관에서 발소리가 들렸다 싶었더니, 이리스가 말 그대로 굴러들어왔다.

이리스는 그대로 라필리아한테 다가가더니 새끼 고양이가 장난치는 것처럼, 라필리아의 배를 투닥투닥 두드리기 시작했다. 라필리아는 "죄송합니다~"라면서, 하나도 안 아프다는 것처럼 웃고 있다.

"아, 아무튼! 오빠도 여러분도, 무사하셔서 다행이에요."

다른 사람들의 시선을 느꼈는지, 이리스가 어흠, 하고 헛기침을 했다.

그리고는 내 앞에서, 영주의 딸로서 정식으로 고맙다는 인사를 했다.

"이리스는 '의식 공유·개량형'으로 오빠와 이어져 있어서……. 어떻게든, 간신히, 진정할 수 있었지만……."

"응. 미안해, 걱정하게 해서."

"라필리아 님도, 보기에는 평소와 똑같이 푸근해 보였지만, 찻잔을 뒤집고 책장에 부딪치고, 정말 난리였거든요?"

"그랬었죠, 그러다가, 이리스 님 책을 다 쏟아버렸었죠."

곤란하다는 것처럼 어깨를 으쓱거리는 이리스를 보며, 라필리아가 고개를 끄덕였다.

"게다가 라필리아 님이, 그걸 다시 주우려다가 발이 걸려서 넘어지고——"

"책 사이에 끼워져 있던 편지를 떨어트리고 말았죠…….”

"아버님이 문을 두드리시는 것도 모를 정도로——"

"주운 편지—— 마스터께 보내는 러브레터를, 저도 모르게 소리 내서 읽고 말았죠…….”

"하지만, 역시 라필리아 님이예요. 교묘한 화술로, 아버님께 이리스의 제안을 전해 주셨어요. 일시적으로 성문을 여는 것과 성벽에 있는 경비병들을 일시적으로 물리는 것을 이해해 주신 건, 라필리아 님이 도와주신 덕분이에요!"

"예! 이리스 님과 동침하기로 약속한 '해룡의 용사'가 돌아오지 못할 거라고 말씀드렸더니, 흔쾌히 성문을 열어 주셨어요!"

"뭐, 뭐라고요~! 이리스한테 안 들리게, 그런 말을———?!"

"에헤헤~.”

"지금 웃을 땐가요?!"

투닥투닥투닥투닥!

이리스의 작은 손이 라필리아의 배를 두드리고, 가슴을 흔들었다.

정말, 마음이 푸근해지네~.

이제야 집에 돌아왔다는 기분이 든다.

"그럼 오늘은 실내 피크닉. 그러니까 차 마시면서 느긋하게 쉬자."

나는 동료들에게, 그렇게 말했다.

　그렇게 해서 잠들 때까지, 우리는 거실에서 데굴데굴하기로
했다.

　"——그렇게 해서, 이리스가 말과 성문을 수배했어요."

　"——정말로 눈 깜박할 사이었거든요? 나기 님."

　거실에 깔아놓은 이불 위에서.

　과자를 먹고 차를 마셔서 몸을 따뜻하게 덥힌 우리는, 이불을
뒤집어쓰고 느긋하게 지내고 있었다.

　아이네가 항상 잘 말려준 이불은 폭신폭신하고, 좋은 냄새가
난다.

　그 이불을 둘둘 말고서, 생각나는 대로 이야기하고, 웃고, 구
르고, 기지개를 켜고.

　피크닉이라기보다는 수학여행 숙소 같은 기분이다.

　내 옆에는 세실과 이리스. 잠옷을 입은 두 사람은 이마를 맞대
고 이야기를 하고 있다.

　잠든 사람 숨소리가 들려온다 싶었더니, 어느샌가 라필리아와
커틀러스가 착 달라붙어서 잠들어 있었다.

　리타와 아이네, 레티시아는 셋이서 이야기를 나누고 있다.

　그런데 리타가 레티시아의 목과 가슴께 냄새를 맡고, 아이네
가 "후후후~ 그렇구나~"라고 웃고 있는데, 왜 저러는 거지. 레

티시아는 이불 위에서 버둥대고 있고.

레기는 작은 인형 모습이 돼서, 거실 끝에서 끝까지 데굴데굴 구르고 있다. 자고 있는 라필리아 위를 통과하고, 옆에서 잠들어 있는 커틀러스와의 사이에 빠지고는 하고 있다. 아주 마음대로네.

"──지금쯤은 이르가파 정규군이 범인을 연행하고 있겠죠."

이리스의 이야기를, 나는 베개 위에 턱을 올려놓고서 듣고 있었다.

라란벨 남작 영애는 이르가파 영주 저택의 감옥에 들어가게 된다는 것 같다.

라란벨 남작 영애가 이르가파에 가고일을 보냈다는 증거들이 갖춰져 있다. 그 사람과 '베일'의 죄를 어떻게 판단할지는, 이르가파 영주 가문이 할 일이다.

"그리고 회수한 '신성 유물(아티팩트)'을 어떻게 사용할지가 문제인다."

핀의 말에 의하면 '전이 아뮬렛'은 세 군데를 마법진으로 연결할 수 있다는 것 같다.

'아뮬렛'을 기동하고 바닥에 마법진을 그리면, 그게 전이 포털이 된다는 것 같다. 이동 거리는, 여기와 상업 도시 메테칼의 중간 정도.

"편리한 아이템이네요."

"오빠는, 어떻게 사용하실 생각인가요?"

"……글쎄."

세실과 이리스가 내 얼굴을 들여다봤다.

"두 사람은 어떻게 생각해?"

"그렇군요…… 먼 거리를 순식간에 이동할 수 있으니까."

"게다가 짐이 있어도 문제없죠?"

세실과 이리스가 척, 하고 손가락을 세우고는,

"저희가 나기 님을 위해서, 효율적으로 던전을 공략하는 건 어떨까요?"

"이르가파의 해산물을, 상업 도시로 운반하는 데도 쓸 수 있겠죠?"

그건 나도 생각해 봤다.

하지만 정말로 하고 싶은 건, 훨씬 시시한 일이다.

"나기 님은 어떻게 사용하실 생각이신가요?"

"가르쳐 주세요, 오빠."

쑤욱, 하고 얼굴을 들이대는 세실과 이리스.

어느샌가 리타와 아이네, 레티시아까지 하던 이야기를 중단하고 이쪽을 보고 있다.

왜 그렇게 기대에 가득 찬 눈으로 보는 거지? 별로 대단한 생각을 하는 것도 아닌데?

"내가 생각하는 사용 방법은, '또 한 번 사원여행'이야."

잠시 생각한 뒤에, 말했다.

"레티시아는 휴양지에 안 갔었잖아? 그러니까 누가 저쪽으로 가서 마법진을 설치해 줬으면, 하고 생각했어. 그러면 해수욕 리조트까지 당일치기로 갔다 올 수 있고, 성녀님도 만나러 갈 수 있잖아. 전이 아이템은 '복리후생'을 위해서 사용하는 게 제일이라고 생각했어."

"""대단해요, 주인님!!"""""

세실, 리타, 아이네, 이리스가 활짝 웃으면서 말했다.

그리고 레티시아는 척, 하고 엄지손가락을 세웠다.

"그렇군요. 그거라면, 레티시아도 삐치지 않겠네."

"레티시아 님은 그런 성격이셨나요? 그럼, 이리스네랑 같이 가도록 해요!"

"아닙니다, 전 삐치지 않습니다!"

다들 찬성한 것 같다.

"그러고 보니까 이번 일에 대해서, 아버지가 오빠한테 감사 인사를 하고 싶다는 것 같아요."

"괜찮겠어? 내가 영주님 의뢰로 움직인 것도 아닌데."

"무슨 말씀이세요, 오빠."

이리스는 데굴데굴 구르면서, 자기 배로 내 팔을 눌렀다.

부드럽고 폭신폭신한 느낌이 전해져 온다. 팔을 끌어안으면서, 이리스가 내 얼굴 바로 앞에서 웃었다.

"이르가파를 지켜주신 건 오빠잖아요? 오빠 덕분에 적의 정보도 알아냈고요. 보수를 드리는 게 당연한 일이죠."

"그렇구나. 그럼, 여행 자금으로 쓰면 되겠네."

"쓰고도 남을 걸요? 아버지는, 오빠가 저택에서 발견한 아이템의 대금까지 포함한다고 하셨으니까, 아마 10,000 아르샤는 넘지 않을까요."

"——뭐."

움찔. 내 옆에서 세실이 꿈틀거렸다.

세실은 이리스 반대쪽에서 내 팔을 끌어안고 있다. 이야기에 정신이 팔려서 알아차리지 못했지만, 세실의 가슴이 내 위팔에 닿아 있었다.

"……나기 님."

하지만 세실은 오히려, 내 팔을 꼭 끌어안았다.

왠지 촉촉해 보이는 눈으로 내 얼굴을 쳐다보고 있다. 무슨 말을 하려는 건지, 대충 알 것 같다.

나와 세실의 '약속'이다. 연 수입이 10,000 아르샤를 넘으면, 이라고 정했던, 세실의 바람을 이뤄주는 데 관한 이야기다.

——왠지, 뜨겁다.

이상하네. 세실이랑 닿아 있는 부분만, 묘하게 뜨거워.

다들 보고 있는데…… 잠깐만, 어느샌가 다들 이쪽을 빤히 쳐다보고 있는데 말이야?!

"어라라라, 어째서 오빠랑 세실 님이 서로 마주 보고 있는 걸까요."

"나기도 세실도, 뭔가 서로 통한 것 같은데?"

"왠지 가슴이 두근거리는군요. 두 분은 뭐가 통한 걸까요?"

"나, 난 몰라. 언니는 모두의 언니야. 나 군이랑 세실이 비밀로 하고 있는 건 모르는 척할 거야. 그냥 도와주기만 할 거야."

흥미진진해 하는 이리스와 리타. 이상하다는 표정의 레티시아. 아이네는…… 아마도 눈치챘으면서 모른 척하고 있다. 역시 우리 파티의 언니라니까.

"그럼, 잠들 때까지, 다 같이 맞혀보자."

"그럼, 먼저 오빠 얼굴을 빤~히 쳐다보도록 하죠. 그러면 알 수 있을지도 몰라요."

"저도 말인가요? 뭐, 저만 따돌림당하는 건 그러니까, 같이 하도록 하겠습니다."

"하지 마, 하지 말라고. 세실이 새빨개졌어. 위험해!"

"……푸슈."

빤~히, 모두의 시선이 집중되자──

세실이, 머리에서 김을 뿜으면서 기절했고──

나와 아이네가 둘이서 '누가 휴양지에 전이 마법진을 설치하러 갈까' 쪽으로 이야기를 돌리는 데 성공한 건, 세실이 기절한 지 5분이 지났을 때. 그때쯤에는 이리스도 얼굴이 새빨개져 있었다. 아마도…… 눈치챘겠지. 이리스도 따끈따끈해진 몸을 나한테 딱 붙이고, 바로 잠들어 버렸지만.

결국, 끝까지 깨 있었던 건 나랑 아이네 둘뿐.

우리는 멍하니, 내일 아침밥이라든지 집안 가구 배치라든지, 그런 이야기를 했다. 그러는 사이에, 어느샌가 우리 둘도 졸리기 시작했고──

"잘 자, 아이네."

"잘 자. 나 군."

우리는 방의 불을 끄고, 눈을 감았다.

마지막으로, 내가 완전히 잠들기 직전에──

"——세실 소원, 꼭 이뤄줘."

그런 목소리가 들려와서, 나는 세실의 어깨를 안고서—— 잠들었다.

제10화 「두 가지 가호를 받은 도시와 그 수호자(정 · 보전 포함)」

──다음 날, 왕가 별장에서──

"슬슬, 주민들의 반응을 보러 가도 좋을 때군요."

찻잔을 손에 들고, 클로디아 리그나달이 말했다.

왕가의 별장에는 아침 햇살이 들어오는 테라스가 갖춰져 있다. 주위에는 화단이 있는 그 장소에서, 시간을 들여가며 천천히 조식을 즐기는 것이 클로디아의 습관이었다.

그러는 동안에도 테이블에 놓여 있는 양피지에서 눈을 떼지 않았다.

양피지에는 백성들에게 '자애'를 보인 이후의 예정이 적혀 있었다. 사람들을 구한 뒤에 직접 말을 들어주면, 사람들은 구원받은 기억을 생생하게 되살리게 된다. 그것은 다음 날이 좋다. 구해준 직후에는 상대도 동요하고 있다. 그러니 하룻밤 지나서 진정된 뒤에 하는 쪽이 바람직하다. 그렇게 해서 클로디아의 '자애'에 대한 인상이 더욱 강해진다.

"손이 비는 이는 시내에 가서 소문을 퍼트리도록. '자애로운 공주님' 클로디아가 백성들의 목소리를 들으러 간다. 편지를 보내면 읽어줄지도 모른다, 라고."

"알겠사옵니다."

전속 메이드가 고개를 숙였다. 하지만, 그녀는 움직이지 않았다.

클로디아는 찻잔을 내려놓고 메이드 쪽을 봤다.

"뭐지?"

"라란벨 님으로부터 연락이 없는 것이 신경 쓰입니다. 이미 약속 시각이 지났는데 말입니다."

"그게, 제 예정을 바꿀 만큼 중요한 문제인가요?"

"아, 아닙니다."

"백성들의 목소리를 들을 기회를 놓칠 수는 없습니다. 그건 알고 계시나요?"

"저, 정말 죄송합니다!"

고개를 깊이 숙이고, 메이드가 테라스에서 뛰쳐나갔다.

"……어라?"

테이블에 갈색 물방울이 떨어져 있었다.

손 쪽을 보고, 클로디아는 자기 손이 떨리고 있다는 걸 알았다. 찻잔을 쥔 손에 힘이 과도하게 들어가 있었다. 이랬으니 메이드가 겁을 먹을 만도 했다.

"……'자애로운 공주님'이 감정을 드러내서는 안 돼."

클로디아는 자신을 달래는 것처럼 중얼거렸다.

라란벨에게서 연락이 없는 건 신경 쓰이지만, 문제없다.

'베일'의 '스킬 봉인 스킬'에는 그 어떤 용사도 당해내지 못한다.

그리고 그곳에는 '전이 마법진'이 설치돼 있다. 언제든지 도망칠 수 있을 것이다.

만약에 '베일'이 실패한다고 해도, 자신에게는 타격이 없다. 귀족이 무슨 소리를 하더라도 전부 부정해 버리면 그만이니까.

흔히 있는 일이다. 귀족이나 백성이 자신을 과대포장하기 위해서 왕가의 이름을 이용하는 것은.

"······애당초, 그런 일이 벌어지지도 않겠지만."

'베일'은 클로디아 리그나달의 복제판이다. 실패란 있을 수 없다.

이제 곧 '베일'이 가면을 가지고 돌아올 것이다. 그 가면을 쓰면 클로디아는 '베일'이 보고 들은 것을 체험할 수 있다. 자신과 같은 인격을 가진, 다른 자신이 될 수 있다. 그러면 스트레스도 발산할 수 있을 것이다.

"그녀를 주운 건 정말 잘한 일입니다. 아직 떠나보내기는——아깝군요."

클로디아가 성과를 올리고 왕의 후계자가 되는 그때에는, 방해만 될 뿐이지만.

하지만 그걸 생각하는 건 아직 한참 먼 얘기다. 지금은 성과를 수확하는 것을 즐기쟈.

"시내로 나갈 준비를 해야겠군요."

클로디아는 테라스 밖에서 대기하고 있는 메이드에게 말했다.

'머리카락 세팅은 특히 신경을 써야 합니다. 백성들은 마차 창너머로 저를 보기 되니까요. 그 상태에서도 큰 인상을 줄 수 있도록, 빛을 받으면 돋보이는 액세서리를 많이. 마차 안에서 마

법 '등불(라이트)'을 사용하는 것도 좋겠죠…….'

테라스에서 실내로 들어온 것과 동시에, 클로디아는 망설이지도 않고 실내복을 벗어 던졌다.

속옷만 입은 모습을 드러내면서, 자애로 가득한 미소를 지었다.

메이드들은 오오, 하고 숨을 삼켰다. 옷 갈아입는 것을 돕기 위해, 클로디아 주위로 모여들었다. 클로디아 자신도 만족스레 고개를 끄덕였다.

"번거롭게 해서 죄송합니다. 당신들의 솜씨에는 항상 만족하고 있습니다."

""""정말 황송하신 말씀입니다. 클로디아 전하!""""

이래서 '자애로운 공주' 노릇을 그만둘 수 없다.

백성들에게 감사받고, 귀족들에게 감사받고, 자신은 더 큰 존재가 되어가겠지.

더 많은 성과를 올리고 부왕에게 인정받으면, 그녀의 소원이 이뤄진다.

모든 국민이 '자애로운 클로디아 공주'를 숭배하고, 그 자애에 감사하는 나라를 만들 것이다. 그녀의 자애를 받지 않은 자는 이단이고, 교정되는—— 그런 나라를.

——나기 시점——

"이야기를 들어주시겠습니까? 영주님."

나는 이리스의 중개를 받아서, 이르가파 영주님과 면회하고 있다.

장소는 영주 저택 응접실.

옆방에 있던 사람들도 전부 물리고, 복도에는 라필리아가 서 있다.

"먼저 어제, 이르가파를 공격한 가고일과 그것들을 부린 자에 대한 정보를 전해드리겠습니다."

내가 그렇게 말했다.

영주님은 긴장한 얼굴로 내 얼굴을 들고 있다.

'베일' 일당이 있던 버려진 마을은, 이미 병사들이 조사를 시작했다.

나는 영주님께, 우리가 알아낸 정보를 전하기로 했다.

──'베일'이 귀족에게 치트 아이템과 스킬을 팔고 다녔다.

──그러기 위해서 가고일을 시내에 불러냈고, 주민들을 위험하게 만들었다.

──'자애로운 공주님' 클로디아 공주가 그들과 손을 잡았을 가능성이 있다.

──'베일'의 가면을 분석하면 공주님과의 관계를 알아낼 수 있을지도 모른다.

"…………세, 세상에, 그런 일이."

영주님의 목소리는 떨리고 있었다.

그럴 만도 하지. 앞으로 후계자도 맞이해서 무사하고 평온하게 지낼 수 있을 거라고 생각하자마자, 갑자기 왕가와 관련된 문제가 튀어나왔으니까.

"붙잡은 '베일'과 라란벨 남작 영애는 어떻게 됐습니까?"

"남작 영애 쪽은 자신이 가고일을 조종했다는 사실을 인정했습니다. 하지만, 왕가와 관련됐는지에 대해서는…… 그게."

"말을 안 한다는, 얘기죠?"

"예. 그리고, 그건 사고였다고. 자기 몸을 지키기 위해서 사용하던 가고일이 폭주했다고. 이르가파 영주 가문에는 남작 가문에서 포상을 하겠다. 그러니까 풀어 달라고, 그렇게 말했습니다."

흐음~. 끝까지 '사고'로 밀어붙일 생각인가.

'베일' 쪽은 기억을 완전히 잃어 버렸다. '얼음 스킬 오염 스킬'은, 사고 회로까지 마비시킨다. 그 얼음을 맞은 탓에 기억까지 사라져버 린 것 같다.

기억이 남아있다고 해도, 솔직하게 말할 리가 없겠지만.

"……어째서 우리 이르가파에만 이런 일이……."

영주님이 머리를 쥐어뜯었다.

"새롭게 후계자도 맞이하면서, 이제야 겨우 안정이 되려는 참인데……."

"그래서, 제안드릴 게 있습니다."

나는 오른팔에 찬 '천룡(시로)의 팔찌'를 건드렸다.

"……시로, 계획대로 됐어. 이름을 빌려도 될까?"

'괜찮아요~.'

팔찌에 입을 대고, 영주님한테는 들리지 않게 말을 주고받았다.

어제 미리 시로와 이리스한테 얘기를 해뒀지만, 혹시 모르니까.

지금부터가 교섭이다.

"이리스 님과도 이미 상담했습니다만, 바로 이곳 이르가파에 해룡과——"

——해룡의 성지에서——

"……해룡 케르카톨에게 목소리가 전해졌습니다. 이름을 빌리는 것에 대해, 허가를 받았습니다."

성지의 동굴에서 나온 뒤에, 이리스가 말했다.

"그럼, 이리스가 마무리하겠습니다."

이리스는 일어나서, 하늘을 향해 손을 뻗었다.

"그런데, 오빠는 어떤 느낌으로 하길 바라셨나요?"

"뭍에서 어렴풋이 보이는 정도가 좋다는 것 같아요."

"그리고, 지상에서 하늘을 향해 날아오르는 모습이 좋다고 했어."

세실과 리타가 대답했다.

"알겠습니다!"

라필리아에게 배운 '멋있는 포즈'를 선보이면서, 이리스가 "흡" 하고 기합을 넣었다.

떠올렸다. 시로의 꿈속에서 봤던 초월 존재(엄청난 것)의 모습을.

정확한 모습을. 그러면서도 살짝 흐릿하게. 바로 지금, 이 성지에서 날아오르는 것처럼──

"발동!『환상 공간 LV1』!!"

그리고 해룡의 성지에, 거대한 용의 환영이 나타났다.

──같은 시각, 항구도시 이르가파 시장──

"클로디아 공주 전하다!"

"왕가 공주님의 마차가 오셨다──!"

가고일 습격 사건으로부터 하루가 지나, 사람들은 주뼛주뼛 시장을 열었다.

그 큰길을 가로지르는 것처럼, 왕가의 문장을 단 마차가 나타난 것은 정오가 조금 안 됐을 때.

"──설마 이런 재앙이 이르가파를 덮칠 줄은, 꿈에도 생각지 못했습니다."

마차 안에서 들려온 '자애로운 클로디아 공주님'의 목소리에, 사람들이 조용해졌다.

"이러한 폭거를, 저는 절대로 용서치 않겠습니다. 또한, 항구 도시 이르가파에는 해룡의 가호가 있다고는 해도, 방비가 허술했던 것은 명백. 영주 가문분께도 책임이 있겠지요."

'자애로운 공주님' 클로디아가 계속해서 말했다.

그러는 사이에, 갑옷을 입은 병사들이 시장 상인들의 대표를 불렀다. 앞으로 나온 남성에게 금화가 든 가죽 주머니를 건넸다. 그리고는 "시장 부흥에 사용하도록"이라고, 큰 소리로 전했다. 그 목소리에 시장에 있던 사람들이 손뼉을 쳤다.

클로디아 공주는 큰소리로 외치기 시작했다──

"이러한 때, 마침 있었던 귀족에게, 백성들을 지킬 힘이 있었다면── 그런 생각을 하지 않을 수가 없습니다. 그렇습니다, 백성을 지키는 것은 왕과 귀족이 할 일입니다. 그 대표로서, 저는 여러분에게 자애를──"

"이 땅에 천룡의 가호가 내려온 것 같다!!"

"──흐에?"
마차 안에서 얼빠진 소리가 울렸다.

그런 줄도 모르고, 사람들은 일제히, 소리를 지른 정규군 병사 쪽을 봤다.

"아까 항구에서, '천룡 브란샤르카'의 모습을 봤어!"
"너도 봤냐?! 나도 봤어. 새하얀 천룡이, 하늘로 올라가는 모습을!"
"천룡의 대행자가, 가고일을 조종했던 놈의 본거지에 쳐들어갔다는 게 정말이야?"
"그러고 보니까 '휴양지 미슈릴라'에 천룡이 나타났다는 얘기를 들은 적이 있어."
"그렇다면, 이르가파에도 같은 용이 있다는 이유로, 천룡의 가호가──?"

"""""우와아아아아아아아아아아아아아아!!""""""

그리고──

"이건 비밀인데…… 천룡의 대행자가, 숲속에 있는 저택에서 중요한 아이템을 손에 넣었대──"

그 목소리가 들린 순간, 공주의 마차는 속도를 높이더니 순식간에 사라져 버렸다.

"'베일'한테서는 아직도 연락이 없나?! 라란벨의 소식도?!"

빠악.

클로디아가 집어던진 컵이 집사의 이마를 스쳤다.

"라, 라란벨 남작 영애의 소식을 알 수가 없다 보니, 아무래도. '베일'과는 그녀를 통해서 접촉했으니까요."

"그런 건 저도 알고 있습니다!"

클로디아가 드레스 가슴팍에 손을 얹었다.

이런 태도가 '자애로운 공주님'답지 않다는 건 알고 있다. 하지만, 참을 수가 없다.

그녀가 자신의 복제판── '베일'을 만들어 낸 것은, 취미와 실익을 겸하기 위해서였다.

어떤 조직이 자신에게 줬다. 공주라는 사실을 잠시나마 잊게 해주는 가면을.

그것은 인격을, 일시적으로 타인에게 심어줄 수 있는 물건이었다. '베일'에게 가면을 씌워서, 클로디아가 평소에 억압하고 있던 감정을 터트리게 한다. 나중에 그 가면을 돌려받아서 '베일'이 보고 들은 것을 체험한다. 단지 그것 뿐이다.

'……항상, 항상, 항상, '자애로운 공주님' 노릇을 할 수는 없으니까!!'

클로디아는 소리도 없이 그렇게 투덜댔다.

놀이 장소로 항구도시 이르가파를 선택한 것은, 해룡을 비웃기 위해서였다.

지상에 손을 댈 수 없는 바다의 수호신을 비웃으며, 이 도시를 어지럽히는 것은 재미있었다. 그런데——

'——천룡까지, 나타나다니.'

"클로디아 전하?"

"아무것도 아닙니다. 큰 소리를 낸 것은 제 잘못입니다."

"안색이 좋지 않으십니다. 이것이 주제넘은 짓이라는 것을 알면서 말씀드립니다만, 파티 출석을 취소하시고 왕도로 돌아가시는 쪽이——"

"……아닙니다."

클로디아는 고개를 저었다.

지금 이곳을 떠나는 것은 도망치는 것이나 마찬가지. 왕가의 사람이, 그런 꼴사나운 모습을 보일 수는 없다. 그리고, 그럴 필요도 없겠지.

사람들이 말했었다. '천룡의 대행자가 저택에서 아이템을 손에 넣었다'라고.

"——그것이 '베일'에게 줬던 가면이라면—— 놈들은, 그것을 조사하겠죠."

클로디아 공주는 미소를 지었다.

그 가면에는 인격을 타인에게 심어주는 기능만이 있는 게 아니다.

만에 하나의 경우를 위해, 함정을 설치해뒀다.

'그것을 착용한 자는, 나 자신에게 자애를 느끼게 되어 있지.'

──'자애로운 공주님'을 연기해야만 하는, 고생이 많은 공주님.

──왕가라는 감옥에 갇혀서, 본심을 드러내지도 못한다.

──그걸 이해할 수 있는 사람은, 가면을 장착한 나 자신뿐.

'자애의 가면'을 장착한 자는, 그런 감정을 지니게 되어 있다.

"……그래서…… 저는 안전해요. 안전합니다."

클로디아 공주는 자신을 달래는 것처럼 중얼거렸다.

그 가면을 조사하려고 하면 정신이 오염된다. '천룡의 대행자'인가 하는 것이 얼마나 강력한 존재인지는 모르겠지만, 이 함정을 간파하지는 못할 것이다. 그러니까 안전하다. 그 '자애의 가면'이 해석당해서, 모든 것이 알려지는 일은── 없다.

'내 인생이── 이딴 데서 끝날 수는 없어──!'

머릿속에서, 같은 말을 되풀이했다.

'나는 '자애로운 클로디아 공주'── 왕에게 인정받고, 언젠가 그 뒤를 이을 자. '천룡의 대행자' 따위에게 질 리가 없습니다!'

클로디아 공주는 심호흡을 한 뒤에 고개를 들었다.

"파티에는 출석합니다. 이것은 결정된 일입니다."

선언하고, 클로디아는 집사 남성에게 손짓했다.

발밑까지 오게 해서, 밖에는 들리지 않도록 작은 소리로 말했다.

"병사들한테 저택을 조사하러 보냈다고 하던데, 보고는?"

"……저택에 이르기까지 정규군이 있었다고 합니다."

집사는 바닥에 무릎을 꿇은 채로 말했다.

"틈을 봐서 저택 안을 엿보는 데 성공했다는 보고가 있습니다. 부서진 벽 너머, 전이의 방을."

"……어떻게 됐다고 하나요?"

"'전이 마법진'이 남아있었습니다."

"오오!"

클로디아 공주의 표정이 밝아졌다.

그녀는 후우, 하고 가슴을 쓸어내렸다.

"'베일'과 라란벨은 전이로 도망쳤군요. '전이 아뮬렛'을 누군가에게 빼앗겼다면, 그자에게는 마법진을 남겨둘 이유가 없습니다. 반드시 지웠겠지요. 안 그런가요?!"

"지당하신 말씀이십니다."

"아아…… 위대하신 부왕이시여. 당신의 딸은, 아직…… 패배하지 않았습니다."

"그래서, '차기 영주 소개 파티'는 어떻게 하시겠습니까?"

"정말 끈질기군요. 당연히 출석해야 하지 않겠습니까?"

클로디아 공주는 입술을 일그러트리고, 웃었다.

"어쩌면, 아무것도 모르고 가면을 쓴 자가 있을지도 모릅니다. 그렇다면, 그자에게 저를 숭배하게 해주지 않으면, 그자가 너무 불쌍하겠죠."

"분부대로 하겠사옵니다."

집사가 인사를 하고, 방에서 나갔다.

클로디아는 손으로 입을 가리고서 계속 웃었다.

나는 무사하다. 나는 안전하다. 나는 패배하지 않았다. 그래, 나는—— 자애로운 공주님.

그런 말을 몇 번이고 몇 번이고, 되풀이하면서.

제11화 「차기 영주 소개 파티와 자애로운 공주님의 인사」

"아~ 정말! 공주님 때문에 '차기 영주 소개 파티' 준비가 늦어졌어요!"

이리스는 뚱~ 하고, 볼이 빵빵해졌다.

"이 지연을 만회하는 건 보통 일이 아니에요. 만회하긴 하겠지만. 오빠가 멋지게 문제를 해결해 주셨으니까, 그것 헛되게 할 수는 없으니까, 만회하긴 하겠지만, 그래도, 그래도~."

"이리스 혼자서 다 하려고 들지 마."

나는 이리스의 머리를 쓰다듬어줬다.

"이번 이벤트는 이르가파 영주 가문의 이벤트니까, 최대한 다른 사람한테 의지하고. 무리하지 말고. 알았지."

"알고 있어요. 하지만, 그 전에——"

이리스가 두 팔을 활짝 벌렸다.

내 무릎에, 옆으로 앉은 상태에서.

"'오빠 성분(에너지)'을 보급하게 해주세요."

그렇게 말하고, 이리스가 나를 꼬옥 안았다.

여기는 저택 2층에 있는, 내 방.

가쁜 숨을 내쉬면서 저택 문을 두드린 이리스는, 날 보자마자 귀엣말로 '응석 부려도 될까요?'라고 말했다.

가고일 침입 때부터, 이리스한테는 계속 걱정만 끼쳤으니까. 어쩔 수 없지.

"……물론, 무리하고 있는 건 아니에요."

이리스는 그렇게 말하면서, 내 가슴에 볼을 문질렀다.

"휴식도 잘 취하고 있고, 아버지께는 '안 될 것 같으면 연기하겠습니다. 축제 시기가 길어질 테니까, 주민들에게는 좋은 경제 효과를 가져오겠죠'라고 말씀드려 뒀어요."

"그랬구나."

"하지만, 최근 며칠 동안 계속 걱정되는 일들이 벌어져서, 그걸 핑계로 응석 부리러 왔을 뿐이겠죠."

"이젠 아무 일도 없으면 좋겠는데."

"아무것도 없을 거라고 생각해요. 이리스는."

"하지만, 일단 확인을 해둬야 마음 편하게 쉴 수 있으니까."

"이리스는 또 하나의 이벤트가 기대돼요."

"그건 비밀."

"예, 비밀이에요."

이리스가 내 입술에 손가락을 댔다. 쉿~ 하고.

왠지 낯간지러운 기분이 들어서, 나도 이리스를 따라했다.

"여러모로 꾸미고 계시죠. 오빠."

"그렇지 뭐. 그 전에, 그 가면을 분석해야 하는데 말이야."

"조심하세요, 오빠."

"괜찮아. 그러려고 이리스한테 '스킬 크리스탈'을 가지고 와달라고 한 거니까."

"『속기 LV1』 말이죠. 어떤 결과가 나올까요."

"그건 아직 비밀. 알아낸 건 이리스한테도 말해줄 테니까."

"예. 기대할게요."

그리고 우리는 또 서로의 입술에 손가락을 댔고. 그리고 그 손가락을, 교환하고.

이리스는 만족했는지, 내 무릎에 올라탄 채 차를 마시고――영주 저택으로 돌아갔다.

그 뒤로 며칠 동안, 우리는 '차기 영주 소개 파티'를 준비하느라 정신이 없었다.

세실과 리타는 만약에 대비한 작전과 사인을 정했고――

아이네와 커틀러스는 메이드로 위장해서 잠입하기로 했으니까, 영주 가문의 작법을 배우고――

나와 라필리아는 이리스와 같이 '비밀 계획'을 준비하고――

남는 시간에, 그 가면을 분석하고――

레티시아는 '저만 따돌리는 건 싫습니다!'라면서, 다른 멤버들 사이를 바쁘게 뛰어다니고――

그리고, '차기 영주 소개 파티' 당일이 됐다.

"사람들이 정말 많지 말입니다"

"이것만 해도, 이 도시와 관계된 귀족과 상인을 최대한 엄선했다고 하더군요."

"해양 상업 도시는, 정말 대단하구나."

나와 커틀러스, 레티시아와 아이네는 파티장 구석에 서 있었다.

내가 입은 옷은 영주 가문에서 빌린 집사복. 아이네와 커틀러스는 메이드복을 입었다. 참고로 커틀러스는 금색 가발을 썼다. 혹시라도 정체가 들키지 않게.

큰 홀의 높은 자리에는 영주님이 앉아 있다. 그 옆에는 새 영주가 될 소년, 로이엘드.

이리스와 라필리아는 지금쯤, 옆방에서 상황을 지켜보고 있겠지.

"……나 군, 왠지 안색이 좋지 않아."

정신을 차려보니, 아이네가 내 얼굴을 쳐다보고 있었다.

"응…… 머리가 좀 무거워서. 어제부터 계속, 그 '가면'을 분석했거든."

"무리하는 건 좋지 않아."

"괜찮아, 괜찮다고……."

머리가 멍~ 한 건, 아마도 수면 부족 때문이겠지. 다른 사람들한테 걱정 끼치지 않도록 조심해야겠다.

『발신 : 이리스(수신 : 오빠)

내용 : 시작합니다』

그런 생각을 하고 있는데, 이리스한테서 메시지가 왔다.

방 한쪽에 있는 악단이 큰 소리로 곡을 연주하기 시작했다. 여

기저기 설치된 마법 램프 색이 바뀌더니, 큰 홀을 눈부시게 비
췄다.

마침내 정면 문이 열리고, 분홍색 드레스를 입은 소녀가 입장
했다.

클로디아 공주다.

공주는 회색 머리카락을 보석으로 꾸미고, 남색 눈동자로 천
천히, 홀을 둘러보고 있다.

좌우에는 호위를 맡은 소녀 검사. 공주 일행의 행진에 맞춰서
악단의 연주가 최고조에 달했고, 유난히 장엄한 곡을 연주한 뒤
에, 멈췄다.

동시에, 출석자들이 무릎을 꿇었다.

나는 그 속에 섞여서 클로디아 공주를 보고 있었다.

역시 눈길을 끄네. 저 사람이 '자애로운 클로디아 공주'——
커틀러스네 언니인가.

"위대한 리그나달 왕가, 제3 왕위 계승자. '자애로운 공주' 클
로디아 리그나달 전하가, 이날을 위해서 이렇게 먼 길을 와주셨
습니다!"

영주의 집사가 큰 소리로 선언했다.

클로디아 공주는 자애로 가득 찬 미소를 지은 뒤에 천천히 손
을 들었다.

"클로디아 전하께, 건배사를 부탁드리는 바입니다."

집사분의 말에 클로디아 공주가 고개를 끄덕이고는, 자신에게
건넨 잔을 받아들었다.

주위에 있는 사람들도 일제히 잔을 들었다.

"오늘 이렇게, 새 영주 로이엘드 하페우메어 님의 차기 영주 소개 파티에 출석해 주셔서, 그저 황송할 따름입니다."

"저야말로, 초대해 주셔서 감사합니다."

클로디아 공주가 가볍게 고개를 끄덕였다.

집사분은 차렷 자세로 영주님과 새 영주 로이엘드 소년 옆에 서서, 진행을 이어갔다.

긴장한 얼굴로 양피지를 보고 있다. 저기에 인사 문구가 적혀 있겠지.

초안을 받아서 나름대로 꼼꼼히 체크했다고, 이리스가 그렇게 말했으니까.

"위대하신 리그나달 왕가에 영광을!!"

""""위대하신 리그나달 왕가에 영광을!!""""

"항구도시 이르가파의 번영과 발전을 위하여!"

""""항구도시 이르가파의 번영과 발전을 위하여!!""""

"이르가파의 영원한 수호신——"

집사분이 가슴을 펴고, 선언했다.

"해룡 케르카톨과—— 천룡 브란샤르카—— 의 가호—— 뭐?"

""""뭐?""""

출석자들도 당황하는 소리를 냈다. 하나같이, 잔을 들어 올리려다가 멈춰 있다.

양피지를 읽던 집사분은 "어어어어?"라는 느낌으로 좌우를 둘러보고 있다.

"……어흠."

갑자기, 영주님이 헛기침을 했다.

잠깐 날 보고, 그리고는 파티장을 둘러보고, 이야기를 시작했다.

"얼마 전에, 해상에 하얀 용의 모습이 나타났던 것은 다들 알고 있으리라 생각하네. 그 뒤에, 나는 꿈에서 해룡의 목소리를 들었다. '천룡이 나타난 것은, 항구도시에 가호를 내리기 위해서다'라고."

"오오!" "해룡이, 영주님께 계시를!" "역시, 이 도시는 해룡의 수호를 받고 있어!"

출석자들이 잔을 들고, 일제히 영주님을 찬양했다.

영주님은 만족스레 가슴을 활짝 펴고 있다. 그 옆에 있는 차기 영주 로이엘드 소년도 손뼉을 치고 있고.

이것이 며칠 전에 내가 영주님께 제안한 것이다.

'천룡(시로)'과 '해룡 케르카톨'에게는 미리 허가를 받았다.

이 도시가 천룡과 해룡—— 두 용이 지켜주는 곳이라고 하면, 왕가도 귀족도 손을 못 대게 된다.

확신은 없어도 된다. 소문만으로도 족하다. 통신 미디어가 발달하지 않은 이 세계에서는, 그것만으로도 충분한 억지력이 된다.

'해룡의 성지'에서 이리스가 천룡의 환영을 만들어낸 것은, 그 소문에 신빙성을 주기 위해서였다.

"……슬슬 때가 됐는데."

조금 지나서 조용히, 큰 홀의 문이 열렸다.

정장을 차려입은 시녀 엘프(라필리아)의 손에 이끌려, 이리스가 들어왔다.

천천히, 조용히. 상냥한 미소를 지으며.

이리스 쪽을 본 사람은 나와 아이네, 커틀러스, 그리고 레티시아뿐.

이리스는 이쪽으로 걸어왔다. 지나갈 때, 작은 손에서 손수건이 떨어졌다.

그리고 내가 그 손수건을 집었다. 이리스는 집사복 차림의 내게 살짝 고개를 끄덕이고, 손수건을 받아들었다.

『발신 : 이리스(수신 : 오빠)

내용 : 그 옷, 정말 잘 어울리시네요. 무, 물론 평소 복장도, 오빠는 항상 멋있어요!』

『발신 : 나기(수신 : 이리스)

내용 : 고마워. 이리스 드레스도 귀여워. 정말로.』

이리스는 손수건 너머로, 내 손바닥 위에서 손가락을 움직였다.

주위에서 보면 집사가 미녀의 손수건을 주워드리는 모습으로 보이겠지.

나와 이리스는 손을 잡은 채, 클로디아 공주 쪽을 봤다.

"…………아, 아, 아아아아아아."

클로디아 공주는 눈을 크게 뜨고, 이리스 쪽을 보고 있었다.

이리스는 온화한 미소를 지으며, 클로디아 공주에게 인사했다. 나와 아이네와 커틀러스는 이리스 옆에서 무릎을 꿇었다.

"——그리고 '해룡 케르카톨'에 이어서 '천룡 브란샤르카'의 가호를 얻은 항구도시 이르가파가 영원토록 번영하기를! 차기 영주 로이엘드와 함께 축복하며, 저도 인사를 드리도록 하겠습니다. 이르가파에 '천룡의 가호'를!"

영주님이 인사를 마무리했다.

"——히익."

쨍그랑.

클로디아 공주가 들고 있던 잔이 떨어졌고, 깨졌다.

지금 그 이야기가 엄청난 충격이었던 것 같다.

천룡과 해룡, 두 용의 소문을 흘린 것은 클로디아 공주의 반응을 보기 위해서이기도 했다.

용의 가호를 두려워해서 더이상 손대지 않는다면, 그걸로 좋다.

만약, 그러지 않는다면—— 우리도 각오를 해야 하고.

"괜찮으시다면, '자애로운 공주님' 클로디아 리그나달 전하께서도 한 말씀 해주시면 감사하겠습니다!"

영주님이 선언했고, 출석자들이 일제히 클로디아 공주 쪽을 보면서 무릎을 꿇었다.

"……그래."

클로디아 공주는 드레스 가슴팍에 손을 대고, 고개를 들었다.

"해양 무역 거점인 이 '항구도시 이르가파'는, 우리나라의 상업적 요지이며, 그 후계자 문제가 해결되었다는 것은 왕가에게도 큰 경사다."

역시나 왕가의 제3 왕녀구나.

클로디아 공주는 홀에 있는 사람들을 향해, 큰소리로 외쳤다.

"허나, 인간 세상의 문제는 인간이 해결해야 한다. 용의 가호가 제때 미치지 못했을 때는, 부디, 왕가에 의지해 주기를 바란다. 그것을 위해, 나는 여기에 있는 것이다. 왕가를 대표해서, 이 도시의 사람들을 지키기 위해."

"참으로 감사할 따름입니다. 클로디아 리그나달 전하."

영주님이 클로디아 공주를 향해서 고개를 깊이 숙였다.

그리고는 나와 이리스 쪽을 슬쩍 본 뒤에, 헛기침을 하고——

"'스톤 가고일'을 조종했던 라란벨 엘른기어 남작 영애도, 공주님의 말씀을 듣는다면 회개할 것입니다. 공주님의 마음에 등을 돌리는 것 같은 짓은 하는 게 아니었다고, 말입니다."

홀이, 조용해졌다.

사람들을 둘러보며, 영주님이 계속해서 말했다.

"목적은 아직까지도 불명이지만, 라란벨 남작 영애는 '스톤 가고일'을 조종했다는 사실을 인정했습니다. 희생자가 발생하지 않았다고는 해도, 도시를 소란스럽게 만든 것은 죄. 귀족분을 이러한 형태로 포박하게 된 것에 대해, 참으로 슬픈 일이라고 생각합니다."

영주님은 그렇게 말하고, 눈물을 훔치는 것처럼 손수건으로 눈가를 눌렀다.

홀에 있는 사람들이 술렁이기 시작했다.

"귀족이…… 가고일을 조종해서, 이르가파를 공격했다고?"

"뭐야 이거, 정말이야."

"아니, 하지만 이르가파 영주 가문에서, 남작 영애를 체포했다고 했잖아."

"그렇다면 실행범이라는 증거가 있다는 뜻인데. 그렇지 않으면 귀족을 체포할 수 있을 리가 없잖아. 라란벨 남작 영애는 클로디아 공주님과도 친하니까――"

사람들의 시선이 클로디아 공주에게로 모여들었다.

"또 하나, 보고드릴 것이 있습니다. 라란벨 남작 영애와 그 공범이 있던 저택에, 마법 아이템인 가면이 있었습니다. 그것을 **용의 힘으로 정화했고**, 이번 사건에 대한 모든 것을 말해 줬습니다!"

"――말도 안 돼!"

도저히 배길 수가 없었겠지.

영주님의 말에 반론하는 것처럼, 클로디아 공주가 외쳤다.

사람들의 시선이 그녀에게 집중됐다.

"……무슨 일이십니까. 클로디아 공주 전하."

"아, 아니…… 미안하다. 아무것도 아니다…… 아무것도."

저 반응을 보니까, 가면을 분석했다는 게 예상 밖의 일인가 보네.

물론 그 가면은 확실하게 분석했다.

매직 아이템이라면 '능력 재구축(스킬 스트럭처)'을 이용해서 분석도, 성능을 바꾸는 것도 가능하니까.

그 가면의 스킬은——

『인격 이식 LV6』

『기억과 인격』을 『타인』에게 『옮겨 담는』 스킬

『자애 강요 LV9』

『클로디아』에게 『자애』를 『느끼게 하는』 스킬

위험한 아이템이라는 건 알고 있었다. 그래서, 절대로 써보지 않았다. 직접 건드리지도 않았고. '마력의 실'을 이용해서 분석하고 재구축했을 뿐이다.

이리스가 준비해준 『속기 LV1』은 거기에 필요한 스킬이었다. 그것은 『빠르게』 『양피지』에 『적는』 스킬이었다. 그걸 이용해서, 가면 안에 있던 기록을 양피지에 옮겨 적는 스킬로 바꿨다.

『인격 속기 LV1』

『기억과 인격』을 『양피지』에 『적는』 스킬

그리고 가면은 양피지 전용 프린터가 됐다.

그래서 우리는 모든 것을 알고 있다.

클로디아 공주가 무슨 일을 해왔는지도. 그녀가 왕가에서 성과를 올리고 차기 국왕이 되려 한다는 것도. 그러기 위해서 귀족들을 이용했다는 것도, 라란벨한테 이르가파를 공격하라고 시킨 것도, '베일' 말고 다른 '제8세대 용사'의 정보다.

"──허나, '항구도시 이르가파'는 해룡이 다스리는 땅."

영주님의 이야기는 계속되고 있다.

"복수는 바라지 않습니다. 실행범은 의식을 잃은 상태. 라란벨 남작 영애도 다친 상태입니다. 상응하는 벌을 받게 되기는 하겠지만, 저희는 그저…… 범인이 죄를 뉘우치고 다시는 저희에게 적대하지 않기를 기도할 뿐입니다──"

그 말을 끝으로, 영주님이 이야기를 마쳤다.

박수 소리가 터져 나왔다.

가고일이 '항구도시 이르가파'를 공격한 사건은 이걸로 끝. 다친 사람들은 영주 가문에서 치료를 해주고, 부서진 가게도 재건해 준다. 실행범은 붙잡았지만 상응하는 벌을 받게 할 뿐. 모두가 납득할 수 있는, 완벽한 판결이다.

흑막의 존재를 알고 있는 우리와 클로디아 공주만 빼고.

"……아, 아, 아아아."

클로디아 공주는 부들부들 떨면서, 사람들 앞에 서 있었다.

라란벨 엘른기어 남작 영애가 클로디아 공주의 '학우'라는 사실은, 귀족이라면 알고 있는 일이다. 그리고 그 '학우'가 도시를 공격했으니까.

사람들이 모두, 차가운 눈으로 클로디아 공주는 보고 있다.

"──제가 아는 이가── 이 도시에 대해 죄를 저지른 것에 대해── 참으로 가슴이 아프다."

클로디아 공주가 말했다.

나도 이리스도 아이네도 커틀러스도, 가만히 클로디아 공주의 다음 말을 기다렸다.

이쪽은 베일(클로디아 공주의 분신)과 그녀의 기억이 담긴 가면을 가지고 있다. 저쪽이 앞으로도 같은 짓을 계속한다면, 모든 증거를 공개하겠다.

여기서 '자애로운 클로디아 공주'가 어떻게 나올지.

거기에 따라서 앞으로 우리가 어떻게 행동할지도 정해진다.

"……오빠." "나 군." "주공……." "……나기 씨."

우리는 숨죽이고, 클로디아 공주의 답을 기다렸다.

너무나 길게 느껴진 시간── 아마도, 1분도 안 되는 시간이었겠지만── 이 지나고.

"──차, 차후에, 클로디아 리그나달의 이름으로, 공식적으로 사죄하도록 하겠다. 그리고 항구도시 이르가파의 오랜 번영을 기원하고── 그 마음을 담은 선물을, 전하도록 하겠다. 인정하겠다…… 아니, 인정합니다. 친구인 라란벨 엘른기어가 저지른 짓은, 모두 제 죄라는 것을── 그리고 그렇게 인정할 테니, 해룡과, 천룡의 자비를── 부디──"

아마, 이건 패배 선언이라고 봐야겠다.

'자애로운 클로디아 공주'는 바닥에 양쪽 무릎을 대고, 기도하는 것처럼 두 손을 마주 잡았다.

"……정말 미안하지만, 긴 여행의 여독이 풀리지 않은 것 같으니, 오늘은 이만 실례하겠다. **훗날, 다시 인사하도록 하겠다.**"

그렇게 말하고, 클로디아 공주가 고개를 숙였다.

그리고는 호위 소녀들을 데리고 홀에서 나갔다.

문이 닫히고, 공주의 모습이 보이지 않게 된 순간, 한숨 소리가 홀을 가득 채웠다.

"왕가는…… 정말로 도움이 되는 걸까?" "가까이에 있는 귀족이 그런 짓을 하는 것도 몰랐다니." "역시, 이 도시를 지켜주는 건 용뿐일지도——"

출석한 사람들은 제각기 그렇게 중얼거렸다.

""""……하아.""""

나와 이리스, 아이네, 라필리아, 레티시아는 한숨을 쉬었다.

『발신 : 나기(수신 : 이리스)

내용 : '항구도시 이르가파의 오랜 번영을' '라란벨 엘른기어가 저지른 짓은, 모두 제 죄라는 것을' '해룡과, 천룡의 자비를'. 이게 자애로운 클로디아 공주의 공식 발언이네. 어떻게 생각해? 이리스.』

『발신 : 이리스(수신 : 오빠)

내용 : 저희 쪽에서 증거와 증인을 쥐고 있는 상태에서 그런 발언을 했다는 건, '말하지 말아 주세요. 전면항복입니다' 겠죠.』

『발신 : 나기(수신 : 이리스)

내용 : 그랬으면 좋겠네. 일단 '마음을 담은 선물'을 확인한 뒤에 생각해보자.』

『발신 : 이리스(수신 : 오빠)

내용 : 알겠습니다. 그럼, 나중에 연락할게요.』

피식 웃고, 이리스와 라필리아가 나한테서 떨어졌다.

동시에 나와 아이네, 커틀러스는 통용문을 이용해서 밖으로 나왔고. 레티시아한테 손을 흔들고, 근처에 있는 빈방으로 이동했다. 이곳은 건물 바깥쪽으로 나갈 수 있는 창고다. 레이스 커튼을 쳐놓은 커다란 창문을 통해서 달빛이 들어오고 있다.

"클로디아 공주 얼굴은 봤어? 커틀러스."

"차를 가지고 왔으니까, 마셔. 마음이 진정될 거야."

"고맙습니다지 말입니다. 주공. 아이네 공."

커틀러스는 후련한 얼굴로 나와 아이네를 봤다.

"저는 괜찮지 말입니다. 그리고 '자애로운 클로디아 공주'도 별 것 아니었지 말입니다. 조금 콕콕 찔렀더니 부들부들 떨었지 말입니다."

그렇게 말하고, 커틀러스가 아이네의 손을 잡았다.

"정말이지, 무리해서 클로디아 공주의 얼굴을 볼 필요도 없었지 말입니다. 제 가족은 여기 파티 멤버들이고, 제 언니는 아이네 공이니까 말입니다."

"정말 착한 아이구나! 커틀러스."

아이네는 커틀러스를 꼭 끌어안았다. 커틀러스는 쑥스러워하면서 가만히 아이네한테 안겼다.

"자 그럼, 지금부터는 제 역할이지 말입니다."

그렇게 말하고, 커틀러스는 창고 구석에 있는 상자를 열었다.

그 안에 들어 있는 것은 검은색, 금속으로 만든 무언가. 커틀러스 전용 아티팩트 '바랄의 갑옷'이다.

"핀도 '왕가의 제3 왕녀'를 보고 싶어했지 말입니다. 다음에는 그 아이 차례지 말입니다."

그렇게 말하고, 커틀러스는 '바랄의 갑옷'에 손을 얹고서 눈을 감았다.

제12화 「치트 아내들의 비밀 파티와 친구의 지도」

──그 무렵, 클로디아 공주는──

"……숙소로 돌아가면 서면을 작성하겠습니다."

마차에 타면서, 클로디아 공주가 말했다.

"저 클로디아 리그나달은 항구도시 이르가파와 영원한 교우를 맺는다, 라는. 그 서면을 읽으면 저쪽의 누군가가 이쪽의 의도를 알아차리겠죠. 그 뒤에 면회 일정을 정하겠습니다. 우호의 '계약'을 맺겠습니다. 위로금도 준비하도록 하죠. 왕도에서 가지고 온 귀금속들이 있었죠. 그리고──"

"공주 전하."

"뭐죠?"

"이 도시에 대한 갑작스런 후한 대우. 이해할 수가 없군요."

"……결코 당해낼 수 없는, 강대한 존재가 있다는 걸 알게 되면 이럴 수도 있는 겁니다."

클로디아 공주는 자신을 호위하는 측근에게, 그렇게 말했다.

"두려움을 모르는 것이 왕이라면, 저는 왕이 될 그릇이 아니라는 뜻입니다."

"전하?!"

"제게는 무리였습니다. 왕위 계승권 최상위를 목표로 삼는 과정에서…… 그런 무시무시한 상대와 적대해야만 한다면…… 저는 그만…… 경쟁에서 빠지겠습니다── 다시는, 적대하지 않겠습니다.”

클로디아 공주는 두 손으로 머리를 감쌌다.

“무서워 무서워 무서워 천룡 무서워. 해룡의 도시 무서워. 무서워 무서워 무서워—— 히익.”

갑자기 고개를 든 클로디아 공주가, 작은 비명을 질렀다.

“무슨 일이십니까, 전하?!”

“지금…… 저 나무 위에 사람이……?”

클로디아가 가르친 쪽으로, 호위들이 고개를 돌렸다.

거기에 있는 것은 영주 저택의 정원에서 자라고 있는 커다란 나무였다. 가지가 가느다란 것이, 사람 체중은 지탱하지 못할 것 같다. 그런데도 순간적으로 소녀의 그림자가 보인 것 같아서, 호위들은 칼에 손을 얹었다.

하지만, 아무 일도 일어나지 않았다.

사람 그림자는 녹아버리는 것처럼 사라졌고, 그 뒤에는 밤바람이 나뭇가지를 흔들 뿐이었다.

“회색 머리카락…… 아니, 그런 자는 어디에도…………”

문득, 어린 시절에 왕궁에 있던 시녀와 비슷하게 생겼던 것 같은 기분이 들어서, 클로디아 공주는 고개를 갸웃거렸다.

클로디아는 그 생각을 떨쳐내려는 것처럼 마차에 올라탔다.

“잘 들으세요. ‘우리는 이 도시에 왔다. 하지만 아무 일도 없었다’, 모든 이에게 철저히 주시시키도록 하세요. 이곳에서 일어났던 일은, 왕도에 돌아간 뒤에 그 누구에게도 말해서는 안 됩니다…….”

마지막으로 그렇게 말하고, 클로디아는 마차를 출발시켰다.

그리고는 두 번 다시, 뒤를 돌아보지 않았다.

"가버렸네요."

영주 가문의 저택.

그 지붕 위에서, 핀이 멍하니 중얼거렸다.

"제가 들은 건 이런 느낌이었는데, 리타 공은 어떠셨나요?"

"수인의 청각을 얕보지 마. 공주님이 한 말은 전~부 다 들었어."

"더이상 적대할 생각은 없는 것 같네요."

지붕 위에 숨어 있던 리타와 세실은, 핀의 말을 듣고서 고개를 끄덕였다.

그녀들의 주인님은 끝까지 경계를 풀지 않았다.

클로디아 공주가 적대적 행동에 나섰을 때에 비해, 세실과 리타를 대기시켜두고 있었다. 세실은 손에 마족의 비보 '진ㆍ성장노이엘트'를 들고 있었다. 이것과 고대어 마법이 더해지면 공주님과 호위들을 무력화시키는 건 일도 아니다.

"'적대하지 않겠다'라고 했으니까요. 이젠……."

"그 공주님이 보낸다는 문서의 내용에 달렸겠지. 핀은 어떻게 생각해?"

"큰 인물은 못 되네요. 저 공주님은."

핀은 먼 곳을 보는 눈빛이었다.

점점 작아져 가는 마차를 눈으로 쫓고, 그리고 이내 "아~아"

하면서 어깨를 으쓱거렸다.

"왕가의 권위가 통하는 곳에서는 '자애로운 공주님'도 '잔혹한 베일'도 될 수 있지만, 그 힘이 통하지 않는 상대한테는 전면항복. 그게 전부인, 시시한 사람이네요. 정말이지…… 제 어머니는 왜 저딴 것들과 같은 편이 되고 싶어했던 걸까요?"

"……핀 양."

"그런 표정 짓지 마세요, 세실 공. 저는 지금의 저 자신에게 만족하고 있으니까요."

핀은 그렇게 말하더니 탁, 하고 손뼉을 쳤다.

"그리고 세실 공도 리타 공도, 앞으로 즐거운 일이 기다리고 있잖아요?"

"예?" "그런가요?"

"아, 이건 비밀이었죠~."

핀은 화급히 손으로 입을 막았다.

"어제, 커틀러스와 제가 분리 행동 실험을 했을 때 우연히 어떤 얘기를 들었거든요. 취소, 취소. 지금 한 말은 취소할게요."

"……핀 양."

"……거기까지 말해놓고 비밀이라고 하는 건 너무 치사하지 않아."

세실과 리타가 도끼눈을 뜨고서 핀한테 따져댔다.

핀은 식은땀을 흘리면서,

"아, 아무튼, 주공하고 합류하도록 하죠! 뭐가 됐건 '소개 파티'가 끝난 뒤에 생각할 일이니까. 자, 가요."

창고에서 나온 뒤에 나와 아이네, 커틀러스는 일단 우리 집으로 돌아갔다.

한 시간쯤 지나, 이리스한테서 『의식 공유 · 개량형』으로 메시지가 왔다. 클로디아 공주가 영주 가문 앞으로 보낸 문서와 짐이 도착했다고. 짐은 나무 상자에 들어 있는 귀금속과 금화. 재난을 입은 항구도시에 대한 위로금이라는 것 같다.

편지 쪽은 클로디아 공주가 '이르가파 영주 가문과 적대하지 않겠다'라는 계약서.

문서는 클로디아 공주가 라란벨에게 명령해서 시내에 마물을 풀어놓았다는 것을 인정하는 내용이었다.

그렇게 인정한 상태에서, 앞으로는 협력 관계를 유지하고 싶다고. 만약 항구도시 이르가파에 적대하는 자가 있다면, 사전에 정보를 전달하겠다고 '계약'하고 싶다는 내용이 적혀 있었다.

'자애로운 클로디아 공주'의 친필 서명과 문장이 찍혀 있는 문서에.

『발신 : 이리스(수신 : 오빠)

내용 : 아주 혼쭐이 났나 보네요…… 자애로운 공주님은.』

이걸로 클로디아 공주 일은 해결됐다.

나머지 하나, 조사만 마치면 이제 느긋하게 쉴 수 있겠네.

"아이네, 커틀러스도. 아직 옷 갈아입지 않아도 되겠어."

나는 두 사람을 거실 의자에 앉히고서 말했다.

"잠깐 쉬고, 그다음에 영주 저택으로 돌아가자."

"영주 저택에, 말입니까?"

"응. 세실이랑 리타한테도 이리스랑 합류하라고 메시지를 보내놨으니까."

말하면서, 나는 집사복 넥타이를 다시 조였다.

빌려 입은 옷이라서 좀 불편하긴 하지만, 조금만 더 이 복장으로 있어야겠다.

"나 군."

"왜, 아이네."

"이리스랑, 뭘 꾸미고 있는 거야?"

"……그런 거 없거든요~."

"나 군은 답답하고 형식적인 걸 싫어해. 집에 돌아오면 제일 먼저 넥타이부터 풀어야 했는데, 그대로 매고 있어. 노예들한테 자꾸 쉬라고 하던 사람이, 아이네랑 커틀러스 양한테 옷을 갈아입지 말라고 했어. 세실이랑 리타 양도 대기시켜놨고. 아이네의 '누나 서치'에 딱 걸렸어."

아이네는 내 의자 옆에서 무릎을 꿇고 매달려서, 나를 빤히 쳐다봤다.

역시나 우리 파티의 누나. 날카로워.

"추리 1. '그건 나 군이 하고 싶은 일'. 추리 2. '그건 우리 모두에게 정말 좋은 일'. 추리 3. '그건 영주 가문에서 하는 일'——자, 주인님, 답은?"

생글생글. 생글생글.

아이네는 엄청나게 기쁘다는 표정이다.

"흐음, 흐음. 핀이 '알았다'라고 했지 말입니다."

"말해봐. 커틀러스."

"주공이 영주님 댁 거실을 빌려서, 노예 모두와 '메이드 플레이'를 하려는 거라고——"

"그거야!"

"그거 아냐."

그나저나 커틀러스, 무슨 뜻인지도 모르는 거지. 표정이 아주 진지하잖아.

"나도…… 가끔은 낭비를 좀 하고 싶었을 뿐이야."

쑥스러워하면서, 은근슬쩍 두 사람한테서 눈을 돌리고, 말했다.

"'소개 파티'에 쓸 음식을 여유 있게 만든다고 했거든. 이리스한테 부탁해서, 우리 몫도 준비해 달라고 했어. 음식값은 다 냈고. 남는 거니까, 엄청 싸게 줬지만."

그렇게 해서, 한 시간 뒤.

우리는 다시 영주 가문 저택으로 왔다.

"여러분, 잘 오셨습니다. 이리스 방으로 드시죠!"

문을 열었더니, 이리스가 두 팔을 활짝 벌리고서 우리를 기다리고 있었다.

여기는 이르가파 영주 가문 저택에 있는 이리스의 방. 상당히 넓다. 학교 교실 정도는 되겠지. 오른쪽 벽에는 문이 있고, 그

문으로 들어가면 침실이 있다. 문 틈새로 정신없이 널려 있는 책과 서류들이 보였다. 이쪽 방에 있는 걸 전부 치워서, 침실에 던져놓은 것 같다.

"여러분을 위해서, 오빠가 파티를 기획해 주셨어요."

"주방에서부터 열심히 가지고 왔어요오!"

이리스와 라필리아의 말에, 모두가 환호성을 질렀다.

벽 쪽에 커다란 테이블이 있고, 그 위에 음식이 차려져 있다. 항구도시풍 파스타와 송아지 고기 구운 것. 전부 '차기 영주 소개 파티'에 나온 음식에서 남은 것이다.

교역으로 번성한 이르가파 영주 가문에게, 파티 음식이 부족한 건 창피한 일이다.

그래서 항상 과도할 정도로 남아서, 영주 가문에서 일하는 사람들이 식사나 새참으로 먹어도 다 처리하지 못할 정도였다.

그래서, 내가 영주님께 부탁해서 싼 가격에 나눠달라고 했다.

"사실은 지금까지 계속, 사원여행 뒤풀이 파티를 하고 싶었거든."

나는 모두를 둘러보면서, 말했다.

"그리고, 우리가 납치당한 것 때문에 다들 걱정하기도 했으니까, 액땜 같은 의미도 있── 어라, 뭐야?"

"으~ 나기 님, 치사해요."

세실은 나를 보면서, 볼을 빵빵하게 부풀렸다.

"이, 이렇게까지 해주시면, 저는…… 대체 어떻게 보답을 해야 좋을지가…… 그러니까."

"기, 기쁘긴 한데…… 주인님만 자꾸 이렇게 신경을 써주면……
노예로서 좀…….”

리타는 얼굴이 빨개져서, 동물 귀를 파닥파닥거리고 있다.

아이네는 음식 하나하나를 보면서 "그렇구나…… 소스를 이용
해서 히로로 생선과 니루루루 파를 어우러지게 한다는 건 생각
도 못 해봤어"라고 중얼거리면서 메모하고 있고.

"이런 때까지 일 생각 하지 마세요, 언니."

"아이네가 이런 걸 봤으니, 당연히 가족들한테 만들어 주고
싶다는 생각을 하겠죠."

레티시아는 즐겁다는 것처럼 웃고 있다. 이쪽은 아직도 드레
스 차림이다.

홀 쪽에서 음악이 들려온다. 소개 파티는 아직도 끝나지 않았
으니까. 지금쯤 귀족들은 댄스 타임이 시작됐겠지. 딱 좋은
BGM이네.

"──그런데, 커틀러스는 왜 문 앞에 서 있는 거야?"

"제 일은 여러분을 지키는 것이지 말입니다!"

"안 오거든! 솔직히 말해서, 이리스 방까지 적이 올 정도면,
이 도시가 완전히 함락된 거니까!"

정말이지, 다들 너무 열심히 일하려고 든다니까.

……하는 수 없지. 이건 식사가 끝난 뒤에 하려고 했는데──

"이리스, 라필리아. 그거."

"예! 오빠!" "알겠습니다아!"

내가 신호를 보내자, 이리스가 침실로 가는 문을 열었다.

바닥에 널려 있는 책과 서류는 눈속임.

침실에는 다양한 드레스들이 줄지어 있었다.

"""""————어?"""""

세실, 리타, 아이네, 커틀러스가 그런 소리를 냈다.

이것도 이리스에게 부탁해서 준비한 것 중에 하나.

파티라면 정장. '이쪽 세계 여자들의 정장은?'이라고 이리스에게 물었더니, 사람 숫자만큼 드레스를 빌려다 줬다.

주인님은 파티 멤버들이 일 생각을 잊게 하기 위해서라면, 수단 방법을 가리지 않는다고.

드레스를 입고 공주님 기분이 되면, 일 생각을 안 하고 파티를 즐길 수 있겠지. 사실은 드레스가 더럽혀지지 않게, 식사를 끝낸 뒤에 보여줄 생각이었는데 말이야. 어쩔 수 없지, 내가 먹여주는 거로 해서, 어떻게든 해보자.

"자 여러분, 주목하세요."

이리스와 라필리아가 침실 앞에 서서 다른 사람들을 불렀다.

응, 그래. 이걸로 됐어.

이제 모두들 옷을 갈아입고, 잘 차려입은 상태에서 느긋하게 식사를 즐겨주면——

"지금부터 '오빠가 주최하는 댄스파티'를 시작하겠습니다. 먼저 옷을 갈아입으신 분부터, 오빠와 춤을 출 권리를 드립니다!"

"""""예예예예!!"""""

잠깐, 난 그런 얘기 못 들었는데.

——라고 물어볼 틈도 없이, 세실과 리타와 커틀러스가 침실

로 뛰어들어 갔다.

아이네를 날 쳐다보고, 잠시 생각한 뒤에, 다른 사람들을 따라갔다. 그 뒤에, 이리스와 라필리아도 옷 갈아입는 걸 도와주러 침실로 들어갔고——

방에는 나와 레티시아 둘만 남았다.

"……어쩌지."

"포기하세요. 나기 씨."

레티시아는 배를 잡고서 웃고 있다.

제대로 웃음보가 터졌는지 눈물까지 흘리고, 웃음소리를 줄이려고 하지도 않으면서.

"똑똑한 나기 씨도, 여러분의 강한 생각을 잘못 보는 때가 있군요. 파티의 분위기와 다른 방에서 댄스파티가 열리고 있다는 걸 생각하면, 이렇게 되리라는 것도 상상할 수 있었을 텐데."

"아니, 그런데 난 춤을 어떻게 추는지도 모르거든."

"어머나, 그런가요?"

"다른 세계 출신의 학생 겸 아르바이트생한테 대체 뭘 기대하는 거야."

"그러시다면…… 흠, 흐음."

레티시아는 고개를 갸웃거렸고, 그리고는 자기가 입은 드레스를 보더니——

"……제가 가르쳐 드릴 수도, 있습니다만."

어째선지 자기 뺨에 손을 얹고서, 그렇게 말했다.

"당장 배울 수 있는 게 있나?"

"초보자용 스텝이 있으니까요."

……그렇구나. 그렇다면, 괜찮으려나.

"알았어. 그럼, 가르쳐 주겠어?"

"알겠습니다."

레티시아가 손을 내밀었다.

그리고 나는 그 손에 내 손을 얹었다.

"실격입니다."

"갑자기?"

"먼저 무릎을 꿇고, 여성의 손을 받들어 올리는 모양으로 잡는 것이 정식입니다. 그리고 '아름다운 분이시여, 저와 한 곡 춰주시겠습니까'라고 묻는 겁니다."

"'아름다운 분이시여, 저와 한 곡 춰주시겠습니까'."

"친구를 유혹해서 어쩌자는 겁니까?!"

"'저와 한 곡 춰주세요. 레티아'."

"여기서 아명을 말하는 건 반칙 아닌가요?!"

"그럼, 그러니까."

나는 헛기침을 하고서, 레티시아 앞에서 한쪽 무릎을 꿇었다.

"친구로서 저를 지도해 주세요. 레티시아."

"이, 일단은 합격으로 해 드리겠습니다."

얼굴 빨개지지 말라고 레티시아. 나까지 창피해지니까.

나와 레티시아는 손을 잡고, 일어났다.

창밖에서 들려오는 음악이 느린 템포의 곡으로 바뀌었다. 거기에 맞춰서 레티시아가 내 손을 잡아당겼다. 짧은 말로 가르쳐 줬다. 먼저 오른발. 왼발. 반걸음 앞으로. 뒤로, 라고. 내 어색한 움직임에 맞춰서, 천천히 가르쳐 주고 있다. 역시 대단하네.

"정말 큰일이네요, 나기 씨."

"갑자기 뭐야 레티시아."

"저는, 조금 전에 정식으로 '학우' 의뢰를 거절했습니다. 왕녀님의 의뢰를 걷어찼으니, 이 레티시아 미르페. 두 번 다시 사교계에서 사람들 앞에 나서는 건 무리겠죠."

"미안해, 나 때문이야."

"그러게 말입니다."

레티시아는 메~롱 하고 혀를 내민 뒤에, 웃었다.

"하지만 저는 사교계에서 이름을 떨치는 것보다, 여러분의 친구로 있고 싶습니다. 여기에는 친구도, 존경할 만한 공주님도 계시니까요."

우리는 음악에 맞춰서 몸을 흔들고, 돌았다.

레티시아는 파란 머리카락을 흔들면서, 진지한 얼굴로,

"나기 님이 왕녀님의 음모를 파헤쳐 준 덕분에, 저도 왕가의 숨겨진 얼굴을 보고 말았으니— 저는 올바른 귀족과 다른 관점을 갖게 돼버렸습니다. 인제 와서 올바른 귀족 따위가 될 수는 없겠죠."

"난 레티시아 쪽이 올바른 귀족이라고 생각하는데?"

"그런 소리를 하다니. 정말, 곤란한 사람이군요."

레티시아는 내 손을 잡은 채 빙글, 몸을 돌렸다.

드레스 치맛자락을 펄럭이며 한 바퀴 회전. 그대로, 내 어깨에 턱을 얹었다.

"책임지세요."

"책임?"

"앞으로 귀족 겸 모험자가 될 제가, 의지할 곳이 되어주세요."

레티시아가 내 귓가에 대고 속삭였다.

"제가 당신의 노예는 될 수 없지만, 파티 동료이기는 하니까요. 돌아가고 싶은 집은, 당신이 있는 집이고—— 피가 이어지지 않은 가족—— 아니, 동료들이 있는 곳입니다. 당신이 있는 곳은 제가 편히 쉴 수 있는 곳. 그런 장소가 되어 주세요."

"오케이~."

"아주 가볍게 대답하는군요."

"인제 와서 무슨 소리야. 레티아."

메테칼에서 만난 뒤로 지금까지 계속, 나는 레티시아한테 도움을 받아왔다.

이쪽 세계에서 살 곳을 준 것도 레티시아고, 왕가의 음모를 눈치채게 해준 것도 레티시아였다.

그렇다면 레티시아가 돌아갈 곳 정도는, 내가 확보해 줘야겠지.

"내가 있을 곳은, 이쪽 세계의 가족들이 있는 곳이야. 물론 레티시아도 그 가족에 해당되고. 나는 이쪽 세계에서 살아가고, 이쪽 세계 동료들과 살아갈 거야. 그러니까, 레티시아도 우리랑 같이 해줘."

"흥, 입니다. 당신은 항상, 상상을 뛰어넘는 대답을 하는군요."

"대등한 친구니까."

"그런 점이…… 정말이지. 자, 곡이 끝났습니다. 마지막으로 파트너의 허리를 받쳐주고, 예 그렇게. 그리고 손은 뒤로 돌려서 제 손을── 잠깐, 팔꿈치로 가슴에 닿는다든지, 그런 건 신경 쓰지 않아도 됩니다. 친구니까 건드려도 아무 느낌도── 어라라?"

"""""""빤──────히."""""""

시선이 느껴져서, 나와 레티시아는 고개를 돌렸다.

침실 쪽을 가려주고 있는 얇은 커튼.

그 틈새로 세실, 리타, 아이네, 이리스, 라필리아, 커틀러스가 엿보고 있었다.

"……아, 아닙니다. 이건 지도…… 그렇습니다, 나기 씨를 지도했을 뿐입니다."

"아, 그러셨군요."

모두를 대표하는 느낌으로, 세실이 말했다.

"레티시아 님이 정말 즐거워 보셔서…… 저, 조금 두근두근했어요."

"당신의 주인님을 빼앗는 짓은 안 합니다. 정말이지."

레티시아는 손을 뻗어서 세실의 이마를 콕, 찔렀다.

"그럼, 다음엔 누가 나기 씨와 출 건가요?!"

"저요! 제가 옷을 제일 빨리 갈아입었어요!"

세실이 착, 하고 손을 들었다.

레시티아는 세실의 어깨를 안고서, 내 쪽으로. 세실의 등을 툭, 밀어주고는 웃었다.

"자, 다음 곡이 시작됩니다. 여러분도 같이 추도록 하죠."

홀의 댄스파티는 아직도 계속되고 있겠지.

복도에서, 다음 곡이 들려왔다.

나는 세실의 허리에 손을 대고, 가는 몸을 끌어당겼다.

세실은 은색 머리카락을 흔들며, 내 얼굴을 보면서 황홀한 표정을 짓고 있다. 순백색 드레스가 세실이 갈색 피부에 정말 잘 어울린다. 평소와 다른 모습을 보니 왠지 신기한 기분이 드네.

"뭔가, 신기한 기분이에요."

세실이 내가 생각하던 것과 똑같은 말을 중얼거렸다.

"이런 멋진 옷을 입은 것도, 춤을 추는 것도, 처음이거든요."

"그렇구나."

주위를 보니 레티시아는 아이네와, 리타는 라필리아와, 이리스는 커틀러스와 페어로 춤을 추고 있다.

나는 아까 배운 대로, 천천히 춤을 추기 시작했다.

하지만 할 수 있는 건 간단한 발놀림뿐. 스텝이라고 할 수도 없는 동작을 반복할 뿐이다.

"……에헤헤."

그것만 가지고도 기쁜 건지, 세실은 활짝 웃고 있다.

가슴팍이 크게 벌어진 드레스. 나와 닿아 있는 세실의 몸은 평소보다 가늘고, 섬세해서── 잘못 건드리면 부서질 것만 같은 기분이 들었다.

　……왠지, 가슴이 두근거리네.

　이상하단 말이야. 세실이 내 곁에 있는 건, 평소와 다를 게 없는 일인데.

　그렇게, 파티의 밤은 깊어가고──

　홀에서 들려오는 음악이 끝날 때까지 우리는 천천히, 계속 춤을 췄다.

제13화 「원래 세계로 가는, 아주 작은 돌아가는 길」

다음 날.

나와 세실, 리타, 아이네는 어떤 던전을 향해 출발했다.

장소는 항구도시 이르가파와 상업 도시 메테칼의 중간지점.

'가면'에서 알아낸 정보를 조사한 결과, 거기에 '전이 마법진' 과 연결된 지점이 있다는 걸 알아냈기 때문이다.

그곳은 '하얀 길드'가 사용하는 창고고, 귀족들에게 주던 매직 아이템들도 전부 거기에 있는 것 같다.

'가면'은 거기에 있는 아이템들의 리스트도 다 토해냈다.

'보석' '스킬 크리스탈' '마법 아이템'—— 그리고 '다른 세계로 가는 문을 여는 스크롤'.

지난번에 우리가 손에 넣은 스크롤의, 나머지 절반 부분이다.

"그리고 '베일'은, 그 근처에 '제8 세대 용사'가 있다고 했어."

"어떤 분일까요?"

내 옆에서 걸어가며, 세실이 말했다.

"스킬 오염 스킬을 사용하는 사람이야. '베일'은 '청소부'라고 불렀어."

"뭔가, 무서운 이름이네요."

"그다지 좋은 의미의 말은 아니야."

"어떤 사람인지…… 나기는 짐작이 가?"

아이네와 리타도 표정이 굳어 있네. 역시 무섭겠지. '스킬 오염 스킬'을 가진 사람인지.

나는 그 상대가 누구인지 대충 짐작이 가긴 하지만.

"'가면'에 아주 조금, 정보가 있었어. 젊은 여성에다가, 기가 세고—— 몇 주 전에 이쪽 세계로 소환된 사람, 이라고."

"……몇 주 전…… 이라면."

"나기랑 같이 소환된 사람일지도 모른다는 얘기야?"

세실과 리타의 질문에, 나는 고개를 끄덕였다.

같이 소환된 사람 중에 내가 기억하고 있는 건 두 사람뿐.

동료 의식이 강하고 사명감에 불타고, 이쪽 세계 사람들을 이기겠다는 야망까지 가지고 있었다.

그 두 사람이라면 '스킬 오염 스킬'도 기꺼이 받아들일 것 같단 말이야.

"만약 던전에 내가 아는 사람이 있으면…… 내가 신호를 보낼 때까지 손대지 말아줬으면 싶어."

내가 말했다.

"일단 대화를 해볼게. '다른 세계로 가는 문을 여는 스크롤'을 이용해서 원래 세계로 돌려 보내줄 수 있다는 얘기를 하면, 싸우지 않고 넘어갈 수 있을지도 몰라."

"알았어. 그런데 말이야, 나 군."

아이네는 '강철 대걸레'를 꽉 쥐고, 날 보면서 말했다.

"나 군이 위험하다고 생각되면, 손을 쓸 거야. 주인님을 지키는 건 노예가 할 일이니까. 어떤 벌을 받더라도, 참견할 거야?"

그렇게 말하고는 진지한 표정으로 고개를 끄덕이는 아이네. 세실과 리타도 같은 표정이다.

"그때는 잘 부탁할게."

그 뒤로 우리는 다시 한번 작전을 확인했다.

던전 가까이 가면 리타가 '기척 탐지'로 주변 상황을 살핀다. 적이 많으면 포기하고 돌아간다. 어떻게든 될 것 같으면 무력화하고 재빨리 조사한다.

"거기 있는 마신 분한테는 '스킬 오염 스킬'의 얼음이 달라붙었지?"

"응. 어쩌면 무력화할 수 있을지도 몰라."

"그리로 보낸 애시드 슬라임 씨도, 실컷 날뛰었겠죠?"

말에 탄 채, 나와 세실이 시선을 주고받았다.

"저기 레기. 네가 애시드 슬라임한테 말을 걸었을 때, 어떤 느낌이었어?"

'엄청나게 화가 나 있었다.'

내 등에서, 마검 상태의 레기가 대답했다.

'그놈들은 강한 산성 슬라임이니까 말이다. 제대로 날뛰면 아주 끔찍한 일이 벌어졌겠지.'

"저렇게?"

갑자기, 리타가 나무들 너머를 가리켰다.

길 저편에 동굴 입구가 있다. 그 앞에 사람들이 보여서, 우리는 재빨리 나무 그늘로 이동했다.

던전 입구에는 뿔이 달린 마신이 웅크리고 앉아 있었다.

칼날 같은 손톱이 달린 손이 있는, 한쪽 팔은 강한 산성 용액 때문에 녹아버렸다.

틀림없다. 저 녀석은 '베일'이 불러냈던 '마신'이다.

"······조정 완료. 아, 그런데, 설치한 스킬이 망가졌나. 마력을 넣어주면 움직이겠지만, 이제 이 녀석은 그냥 평범한 골렘이네. 정말이지, 대체 누가 그런 짓을······."

그 마신의 무릎에 앉아서, 검은 머리카락의 소녀가 작업을 하고 있다.

이쪽에 등을 돌린 채로. 마신의 가슴을 열고서 빛나는 결정을 쑤셔 넣고 있었다.

기억에 있는 목소리다. 머리 모양도.

검은 머리카락── 포니테일. 깐깐한 말투.

저 사람을, 알고 있다. 바로 몇 주 전에 만난 사람이다.

나는 이쪽 세계로 소환되자마자 왕궁에서 쫓겨났다. 그때 날 불러세워서 임금님한테 사과하라고 말해 줬던 사람이 두 명 있었다. 그 둘은 나한테 '정 안 되면 이쪽 세계의 군대를 제압하겠다'라고 말하면서 협력을 부탁했다. 물론 나는 거절했고, 왕궁에서 나왔다.

그 두 사람의 이름은 기억하고 있다. 남자는 학생회장 야마조에. 또 한 사람은 분명──

"······타키모토."

사실은 '베일'의 이야기를 들었을 때, 예상했다.

타키모토가 '제8세대 용사'에 '청소부'라고. 근거는, 없었지만.

"──누가 있어?!"

소녀가 뒤를 돌아보며, 소리쳤다.

"나는 조직에서 명하신 위대한 일을 하는 중이다. 그것을 엿보다니, 무례하다!"

저 사람, 이쪽 세계에서는 저런 말투를 쓰고 있는 건가.

……피곤하지도 않은가.

"모습을 보이지 않겠다면 나오게 만들겠다. '보이지 않는 팔'!"

부웅, 소리가 나고 땅바닥이 도려내졌다.

그녀와, 내가 숨어 있는 나무 그늘 사이. 그 땅바닥에—— 큰 구멍이 파였다. 마치 누군가가 보이지 않는 팔로 땅바닥을 도려낸 것처럼.

그렇구나. 이게 타키모토의 치트 스킬인가.

"……세실이랑 리타랑 아이네는, 여기 있어."

나는 천천히 일어났다.

"이런 데서 만날 줄은 몰랐어."

나는 두 손을 들고, 나무 그늘에서 나왔다. 두 손을 들고서.

저 사람이 타키모토라면, 이게 '공격하지 않겠다'라는 의사 표시라는 것도 알 테니까.

"너는…… 아, 그때."

타키모토는 날 보고서 떡, 하고 입을 벌렸다.

그리고 이내 입술을 일그러트리고서 웃기 시작했다

"그렇구나. 너, 이런 데서 헤매고 있었구나. 그렇겠지. 기껏 임금님이 고용해 주겠다고 하신 기회를 날려버렸으니까. 우리 동료가 되는 것도 거부했으니까! 불행해지는 게 당연하지!!"

"……하아."

"그래서, 넌 지금 뭐 하고 있어? 모험자? 아니면, 아무도 고용해주지 않아서 길바닥을 헤매고 있는 거야? 알았다. 마을 사람들 허드렛일이나 하고 있지? 아니면 노예? 진짜 꼴사납다~!!"

"그렇지도 않아."

뭐지, 이 감각.

원래 살던 세계에서 일을 그만둘 때 들었던 말들이 생각났다. 아무도 받아주지 않아서 거지 같은 꼴로 살게 될 거다, 라는.

"어떻게 하지~. 이걸 본 놈은 없애야 하는데 말이야. 널 지금보다 더 비참하게 만드는 것도 미안하고. 어때? 내 노예가 되지 않을래?"

타키모토가 나한테 손을 내밀었다.

"원래 살던 세계에서 온 애들, 전부 뿔뿔이 흩어졌거든. 너 같은 녀석이 곁에 있으면 재미있을 것 같아. 내가 써줄게. 너한테도 쓸 만한 구석 정도는 있지 않겠어."

"……불러온 사람들은 마왕에 대처하기 위해서 변경으로 전이한다고 하지 않았나?"

"너, 아무것도 모르는구나. 여기가 왕도야?"

"아니."

"나라의 중심은 왕도야. 왕도가 아니면 변경이지? 그리고 난 용사. 용사는 변경에서 마왕에 대처하고 있어. 이것도 마왕에 대한 대처의 일환. 봐, 하나도 이상할 게 없잖아."

"이게 마왕에 대한 대처?"

"그래. 우리가 선택받은 사람들을 도와서, 마왕에 맞설 수 있도록 해주는 일이니까."

"선택받은 사람이라면, 귀족인가."

내가 말했다.

"타키모토 넌, 귀족들이 무슨 짓을 하고 있는지 알고는 있어?"

"당연히 세상의 평화를 위해서 움직이고 있지."

타키모토가 콧방귀를 뀌었다.

"조금 과한 구석도 있긴 하지만, 그건 세상의 평화를 위한 일이야. 힘들어도, 지금 이 순간만 지나면 편해질 수 있어. 그걸 모르는 사람은 그냥 평범한 사람이라니까~."

"그렇구나."

"그래서, 내 질문에 대답은 어떻게 됐어."

"네 노예는 안 될 거야. 타키모토."

"흐~ 응, 그렇구나."

타키모토는 재미없다는 것처럼 땅바닥을 걷어찼다.

"원래 살던 세계로 돌아가지도 못하고, 살 집도 없이, 혼자서 살아가겠다는 거구나."

"원래 살던 세계로 돌아갈 생각은 없어. 살 집은 있고. 외톨이도 아냐. 최소한 원래 살던 세계에 있던 때보다는, 훨씬 좋아."

나는 타키모토를 정면으로 마주 보면서 대답했다.

타키모토가 당황했다. 나는 계속해서 말했다.

"억지로 소환당하기는 했지만, 생각보다 불행하지는 않았어. 난 딱히 부족한 것도 없고, 원래 살던 세계에서보다 더 행복해."

나는 가죽 주머니에서 작은 두루마리를 꺼냈다. '이세계로 가는 문을 여는 스크롤'이다.

"들어봐. 난 '이세계로 가는 문을 여는 스크롤'의 절반을 손에 넣었어."

타키모토도 알아볼 수 있게, 스크롤을 펼쳐 보였다.

"나머지 절반은 이 던전 안에 있어. 두 개를 합치면, 우리가 살던 세계로 가는 문을 열 수 있어. 원래 살던 곳으로 돌아갈 수 있다고."

"…………뭐."

타키모토가 눈이 휘둥그레져서 날 쳐다봤다.

"이게 진짜인지 아닌지는 스크롤을 기동시켜 봐야 알겠지? 타키모토가 원한다면 원래 살던 세계로 돌려보내 줄게. 이쪽 세계에 계속 있고 싶다면 그래도 좋아. 하지만, 돌아간다는 선택지가 있으면, 임금님이 시키는 대로 할 필요도 없어. '청소부' 노릇을 계속할 필요도 없어진다는 얘기지."

"……뭐야, 그게."

타키모토가 눈썹을 끌어 올렸다.

동시에, 타키모토의 등 뒤에서 마신이 일어났다. 크다. 키가 4미터는 되겠지. 한쪽 어깨와 팔과 가슴이 산성 용액 때문에 녹아버렸지만, 나머지는 멀쩡했다. 가슴에는 거대한 마력 결정체. 저게 동력원인가.

"믿기 힘들 수도 있어. 하지만, 증명은 할 수 있어. 내가 손에 넣은 이건——"

"그런 얘기가 아냐!"

——뭐?

타키모토의 등 뒤에서 마신이 소리를 질렀다. 타키모토는, 화가 났나?

"그야 내 말이 믿기 힘들다는 건 이해하지만——"

"그런 얘기가 아니라고! 왜, 네가 그런 성과를 올린 건데?!"

타키모토가 외쳤다.

"우리는 임금님과 길드에 따르는 쪽을 선택했어. 그런데, 그런 게 존재한다는 얘기는 들어보지도 못했어. 그런데, 어째서 넌 그럴 수 있었는데?! **포기한 너는 불행해지는 게 당연한 건데!**"

타키모토 근처에 있던 나무가, 부러졌다.

마치 거대한 손으로 줄기를 쥐어 뭉개버린 것처럼.

"임금님을 따른 내가 잘못됐다는 거야?!"

"그런 말 한 적 없어!"

"시끄러! 내 방식을 부정하지 마!!"

타키모토가 외쳤다.

동시에, 리타한테서 '의식 공유 · 개량형'으로 메시지가 왔다. 수인의 청각이 포착한 공기를 가르는 소리. 방향은 이쪽.

"레기!!"

'그래!'

"'지연 투기(딜레이 아츠) LV2'!!"

부웅.

거대해진 검은 칼날이, 보이지 않는 팔과 격돌했다.

칼이 일으킨 바람이 주위의 모래와 먼지를 휘날리게 했다. 그

것이 타키모토의 '보이지 않는 팔'을 보이게 만들었다. 타키모토의 팔은 두 개. 하나하나가 거인처럼 굵고, 길다. 그중의 하나가 레기의 칼날을 받아내고 있다.

'얕보지 마라————!!'

하지만, 레기는 수백 년의 시간을 살아온 마법검.

게다가 휘두르기 20번의 위력이라면, 아무리 상대가 치트 스킬이라고 해도——

쨍그랑.

타키모토의 보이지 않는 팔이 부서지는 소리가 났다.

마검 레기의 칼날도, 중앙에서 부러졌고.

"미안해, 레기."

'오, 오랜만에 당했구나…… 이건.'

"나중에 등 씻어줄 테니까, 조금만 더 힘내."

'힘이 난다!! 더 싸울 수 있다!!'

역시 레기라니까.

"넌, 죽인다."

던전 입구에서, 타키모토가 외쳤다.

더 이상 대화의 여지는 없는 것 같다.

같이 전이해 온 아는 사람이라면 말이 통할 줄 알았는데. 어쩔 수 없나.

『발신 : 나기(수신 : 리타)

내용 : 미안. 설득에 실패했어. 저 사람을 막을게. 도와줘.』

『발신 : 리타(수신 : 나기)

내용 : (리타, 세실, 아이네 합동 답장)알겠습니다, 주인님!!』

"내 주인님한테, 손대지 마아아아아아아!!"

리타가 '보이지 않는 팔'을 걷어찼다.

리타는 동물 귀를 바짝 세우고, 눈을 감고 있다.

"안 보인다면 기척으로 찾아내면 그만이거든. 필살! '결계 파괴 LV1'!!"

부웅.

리타의 주먹이 '보이지 않는 팔'을 때렸다.

쨍그랑.

또, '보이지 않는 팔'이 깨지는 소리가 났다.

"————뭐야?"

타키모토가 놀랐다.

'훗. 아까 베었을 때 정체를 간파했다. 그 팔은 움직이는 결계 렸다?!'

내 품 안에서, 마검 상태의 레기가 외쳤다.

저 '보이지 않는 팔'은 움직이는 결계. 또는 팔 모양의 폐쇄 공간.

리타의 '결계 파괴'라면 단번에 무력화할 수 있다.

"무, 무, 무슨 짓이야! 다 죽여버려! '마신 골렘'!!"

'우오오오오오!!' '우오오오오오!!' '우오오오오오!!'

어. 뭐야. 한 마리가 아니었나.

던전 안에서 '마신'이 두 마리 더 나타났다. 처음 것이랑 다르게 멀쩡한 놈들이. 게다가 입 안쪽이 의미도 없이 빛나고 있다. 저거, 뭔가 발사하는 놈인가.

"미안, 시로. 부탁해."

'맡겨만 줘요~. '실드'.'

퍼엉.

마신들이 토한 괴광선을, 시로가 만들어 낸 방패가 튕겨냈다.

"제 영창도 끝났어요! 발동 '고대어 마법 타력의 화살'!"

거대한 검은 화살이 '마신 골렘'의 가슴을 꿰뚫었다.

골렘의 눈에서 빛이 사라지고, 그대로 와르르 무너졌다.

세실의 고대어 마법은 아직 끝나지 않았다. 화살이 두 번째 골렘의 가슴을 꿰뚫었고, 세 번째도 무력화시켰다.

"............어."

"끝났어. 타키모토."

멍하니 있는 타키모토에게, 말했다.

"난 딱히 너랑 적대하려는 게 아니야. 그냥, 가르쳐 줬으면 싶어. 귀족들을 뒤에서 조종하고 있는 '하얀 길드'에 대해서. 너도 거기에 소속돼 있지?"

"아…… 아아."

"난 이쪽 세계에서 느긋하고 평화롭게 살고 싶을 뿐이야. 그쪽에서 아무 짓도 안 한다면, 나도 어떻게 할 생각은 없어. 그러니까, 정보만 주면 안 될까."

"하, 하하하하하하!"

갑자기.

타키모토가 고개를 뒤로 젖히고 웃기 시작했다.

"그렇구나, 넌 '하얀 길드'가 모험가 길드 같은 조직이라고 생각하는구나."

"아니야?"

"아니야. '하얀 길드'의 길드 마스터, 그건, 신이야."

"신⋯⋯."

"'계약의 신'도 '자애의 여신'도 아닌, 왕가와 거기에 따르는 자에게만 보이는 신. 오랜 옛날에 죽어서 정신체가 됐지만, 지금도 우리를 지켜주는 용의──"

"잠깐. 그건 이상한데."

나는 손을 들어서 타키모토의 말을 잘랐다.

"난 어떤 곳에서 오래된 부조 조각을 발견했어. 거기에는 왕가의 사람이 고룡을 죽이는 모습이 묘사돼 있었고. 그게 사실이고 타키모토가 하는 말이 옳다면, 고룡은 자기를 죽인 자에게 가호를 내리고 있다는 뜻이 되는데."

나는 오른팔에 찬 '천룡(시로)의 팔찌'를 쓰다듬었다.

'천룡 브란샤르카'도, 죽은 뒤에서 구속당한 탓에 화가 나 있었다. 그 분노가 마물들을 버서크 상태로 만들 만큼. 상냥한 천룡이 그럴 정도였다.

왕가가 죽인 용이, 왕가를 죽이는 건 말도 안 된다.

"만약 내가 본 조각의 용과 타키모토가 말하는 용이 같은 존재라면…… 그건 수호가 아니라, 저주가 아닐까?"

블랙한 것들을 만연하게 해서, 왕가에 복수를 하려는 건가.

아니면 왕가가 그것조차도 이용해서, 블랙 노동을 퍼트리고 있는 걸까.

"어쨌거나, 지금 당장 빠져나오는 게 좋을 거야, 그 길드. 나쁜 말은 안 할 테니까."

"시, 시끄러어어어어어어어어!"

타키모토가 소리쳤다.

"난 '제8세대 용사'야. 너 같은 낙오자하고는 다르다고!"

'제8세대 용사'란 말이지.

그렇다면 '안계의 계곡'에 있던 놈하고 같은 세대의 용사라는 뜻인데.

"받아라! '제8세대 용사'에게만 허락된, 스킬을 죽이는――"

"잘 들어, 쓰지 마! '능력 기생 마염'은 쓰면 안 돼!!"

"시끄러! 사라져라!!"

타키모토의 주먹에 파란 불꽃이 생겨났다.

최악이다. 이 스킬은 막을 수 없다. 되돌려 보내는 수밖에.

레티시아 때처럼, 내가 스킬을 조작해서 오염을 해제하는 방법도 있지만―― 그건 안 돼. 동료들한테, 그런 일을 겪게 만들 수는 없으니까.

그리고, 내가 오염되면, 스킬을 정화할 사람이 없어진다.

미안해. 타키모토.

"──시로. 스킬을 반사시켜 줘."

'알~겠습니다!! 발동이야~「반사의 소용돌이」!'

나는 '능력 기생 마염'을 반사시켰다.

타키모토의 스킬이 타버리고, 사라졌다.

"나기 님! 찾았어요. '이세계로 가는 문을 여는 스크롤'의, 나머지 절반이에요!!"

던전에 들어갔던 세실이 두루마리를 들고서 돌아왔다.

여기는 아주 작은 던전이었다. 안에는 통로가 있고, 그 끝에는 보물창고가 있었다. '마신 골렘'이 한 마리 남아 있었지만, 그놈을 움직일 사람이 없다. 그래서 세실과 리타는 간단히 보물창고에 도착할 수 있었고, 찾아낸 물건을 가지고 돌아와 줬다.

"이걸로 '이세계로 가는 문을 여는 스크롤'이 완전해진 건가."

혹시 모르니까, '능력 재구축'을 기동해봤더니──

『이세계로 가는 문을 여는 스크롤』

『이세계』로 가는 『문』을 『여는』 스크롤

이름 그대로의 개념이 표시됐다.

"이걸 지금 당장 기동할 수 있어? 세실."

"가능해요. 촉매로 마력 결정이 필요하지만, 그건 보물창고에 있었어요. 또 하나, 대상이 되는 이세계의 물질이 필요한데——"

"타키모토 본인이, 그 촉매가 될 테니까."

나는 땅바닥에 주저앉아 있는 타키모토 쪽을 봤다.

타키모토는 멍하니 바닥만 보고 있다. 마치, 혼이 빠져나간 빈 껍질 같다.

"어쩔래? 이쪽 세계에서 살아갈 거야? 아니면, 원래 세계로 돌아갈 거야?"

"……돌아갈래."

타키모토는 두 팔로 자기 몸을 끌어안고, 떨었다.

스킬 오염 스킬을 반사 당한 타키모토는, 자신의 스킬에 관한 것들을 전부 잊어버렸다. 하지만 이쪽 세계에 소환당하고 어떤 길드에서 일했다는 것까지는 기억하고 있었다. 그 기억에, 내가 보충 설명을 해줬다. 날 공격했던 것, 가지고 있던 스킬을 내가 파괴했다는 것까지.

"……전부 다 잃어버렸는데, 이쪽 세계에서 살아가겠다고 생각할 리가 없잖아……."

타키모토는 힘없이 주저앉아서 하늘을 바라봤다.

마치 꿈에서 깬 사람처럼.

"……하핫. 나…… 대체 뭘 했던 걸까. 세상을 구하려고 했었는데…… 나쁜 놈들을 전부 쓰러트리면 평화가 온다는, 그런 말을 듣고…… 나쁜 놈들을 계속 쓰러트렸는데…… 정신을 차려

보니, 아무것도 남은 게 없네. 용사란…… 대체 뭘까…….”

그렇게 말하고, 타키모토는 내 쪽을 봤다.

“하지만…… 나보다, 네가 더 이상해.”

“어째서?”

“너, 하나도 안 세 보이잖아. 너보다 이쪽 세계 사람들이 훨씬, 훨씬 더 강해. 그런데, 어째서 여기서 살아가겠다고 생각한 거야?”

고개를 들고, 날 노려보는 타키모토.

“너, 어딘가 이상해.”

타키모토가 또, 똑같은 말을 했다.

“……우으.” “그냥 넘어갈 수 없는 말이네.” “언니가…… 슬슬 못 참을 것 같아.”

“아마도, 난 운이 좋았어.”

이쪽 세계에 와서 처음 만난 사람이 세실이고, 그다음에 만난 건 리타고.

그다음으로 아이네, 레티시아와 만났다.

“나랑 타키모토가, 만난 사람들이 달라서 그런 것 같아.”

“몰라…… 그런 건.”

그 뒤로 타키모토는 완전히 입을 다물어 버렸다.

그 사이에 세실이 마법을 준비해 줬다. 바닥에 마법진을 그린 뒤에, 타키모토의 머리카락을 사방에 배치. 그리고 ‘이세계로 가는 문을 여는 스크롤’의 서문을 읽으면, 준비 완료다.

“……갈래. 이런 데, 1초라도 더 있고 싶지 않아.”

타키모토가 일어나서, 나한테 등을 돌렸다.

그대로, 마법진 중앙을 향해서 걸어갔다.

"마지막으로 한마디만 해줄게. 나랑 같이 있었던 녀석 있었지. 그 녀석은, 진짜 용사가 될 거야."

"진짜?"

"난 문제를 처리하는 '청소부' 같은 존재…… 자세한 건, 이젠 기억도 안 나지만. '용사 퀘스트'를 클리어하면, 그 녀석은 차원이 다른 용사가 될 거야. 조심하든지 말든지."

"고마워."

"그런 말은 필요 없어. 난, 널 이해할 수 없으니까."

"나도 타키모토 널 이해할 수 없어. 하지만, 그것과 정보를 주는 건 별개니까."

"넌 이쪽 세상에서 태어나야 했어, 정말로."

그렇게 말하고 타키모토는, 내 쪽을 봤다.

"난 네가 무서워. 제── 몇이더라── 세대 용사를 쓰러트릴 수 있는 사람과 같이 웃을 수 있는 네가, 이해가 안 돼. 네가 이쪽 세계 사람이었다면, 신경 쓸 필요도 없었을 텐데──"

"주문, 발동할게요."

"──정말, 분해."

세실의 말에 맞춰서, 마법진이 빛났다.

타키모토의 머리 위에 창백한 공간이 입을 벌렸다. 그 너머에, 순간적으로, 빌딩과 전철 노선이 보인 것 같았다.

스윽, 하고. 타키모토의 몸이 위쪽을 향해 떨어져 갔다.

"너한테 진 게── 패배를 인정하는 게── 너무나 분해. 난 실패── 했으니까."

마지막으로 그런 말을 남기고, 타키모토의 모습이 사라졌다.

결국, 나와 타키모토는 끝까지 말이 통하지 않는다.

그래도 정보는 얻었지만.

'하얀 길드'를 움직이는 건, 예전에 죽은 용의 '무언가'.

그것이 왕가와 귀족이 조종하고 있는 걸까── 아니면 반대로, 왕가가 그것을 조종하고 있는 걸까. 지금은 모른다. 거기에 대해 알만한 사람이라면, 성녀 데리릴라 님 정도려나.

핀이 지배한 '전이 아뮬렛'도 실험할 겸, 만나러 가보자.

"⋯⋯멍~."

"왜 그래, 세실."

정신을 차려보니 세실이 멍하니, 타키모토가 사라진 곳을 보고 있었다.

어라? 리타랑 아이네도 그러고 있네. 셋 다, 어떻게 된 거지.

"아주 잠깐 보였어. 저게, 나기가 살았던 곳이구나⋯⋯."

리타가 동물 귀를 쫑긋거리면서 고개를 끄덕였다.

"저 세계에서 '누나' 역할을 하려면 어떻게 해야 좋을지 '시뮬레이션'이라는 걸 해볼 거야."

아이네는 고개를 갸웃거렸다.

"⋯⋯나기 님, 괜찮으시다면⋯⋯ 말이죠."

후다닥, 하고, 세실이 내 앞으로 뛰어와서, 날 보며 말했다.

"나기 님의 세계에 대해서, 가르쳐 주실 수 있을까요?"

"그래."

나는 고개를 끄덕였다. 내가 생각해도 신기할 정도로, 간단히.

그러고 보니 지금까지, 내가 살던 세계에 대해서는 아주 조금밖에 안 가르쳐 줬네.

그쪽 세계에 대해서는 생각하고 싶지도 않았으니까.

하지만, 지금이라면 아무렇지도 않게 얘기할 수 있을 것도 같다. 어느샌가, 마음의 부담이 없어진 것처럼.

"그래. 어디서부터 얘기할까."

"나기 님 얘기해 주세요!"

"그래. 만약에 우리가 나기네 세계로 전이한다면, 뭘 해줄 수 있는지 알고 싶으니까."

"그래, 맞아! 누나가 할 수 있는 일을 가르쳐 줬으면 좋겠어!"

동료들에게는 '내 세계로 전이하면 어떻게 될지 시뮬레이션'이 돼버렸지만.

……뭐, 괜찮겠지.

"──그럼, 내가 다녔던 학교 말인데."

그렇게 해서, 나는 원래 살던 세계에 대해서 말하기 시작했다.

세실과 리타의 손을 잡고, 가끔씩, 아이네와도 교대하면서.

이르가파에 돌아왔을 무렵에는, 내 반생에 대해서 전부 알게 됐을 거라고 생각한다.

제14화 「나기와 세실의 『이뤄진 약속』」

'차기 영주 소개 파티'는 무사히 끝나고, 이르가파는 원래의 삶을 되찾았다.

부서진 집과 가게는 영주님이 고용한 목수 집단들이 단번에 고치기로 했고——

다친 사람들은 치료술사한테 무료로 치료를 받기로 했다.

예산 문제는 '자애로운 클로디아 공주님'이 지원해 줬다는 것 같다. 상당히 많은 금액이라서 영주님은 거절하려고 했지만, 결국 클로디아 공주를 당해내지 못했다.

"——부, 부디, 제가 이 도시의 편이라는 사실을 잊지 않기를 부디."

게다가 공주님은 극비리에 이르가파 영주 가문과 우호를 맺기로 '계약'까지 했다. 용의 편이 된다는 얘기도 덧붙여서.

그리고 공주님은 서둘러서 왕도로 돌아갔다.

라란벨 남작 영애와 '베일'은, 그 뒤에 심문할 예정이다.

그런데…… 파티가 끝난 뒤에, 핀이 신경 쓰이는 말을 했다.

"——클로디아 공주는 '자애'와 '폭군'—— 두 가지 얼굴을 가지고 있었어요.

저와 커틀러스도 같은 몸에 두 개의 인격이 들어 있죠.

그런 '양면성'이 왕가의 특징인지도 모르겠네요."

──라고.

핀이 한 말이 사실이라면…… 임금님의 또 다른 얼굴은 뭘까.

한참동안, 나는 거기에 대해 생각하고 있었다.

파티가 끝나고, 우리는 또다시 여행 준비를 시작했다.

이번 목적은 거점 만들기.

핀이 장악한 '아티팩트'로, 우리 집과 휴양지 별장을 연결하는 것이다. 그쪽에는 '안계 계곡'이었던 곳과 천룡을 봉인한 땅, 성녀님의 미궁이 있다. 용에 대해서 조사해야 할 수도 있으니까, 바로 이동할 수 있게 해두고 싶다.

그리고, 그쪽 별장은 나와 모두가 자유롭게 사용할 수 있는 공유 공간으로 삼을 생각이다. 노예들끼리만 느긋하게 쉬고 싶어질 수도 있으니까.

그 뒤에 다 같이 간식을 먹고 거실에서 데굴데굴하면서 이야기를 나눈 결과──

먼저 커틀러스(핀)와 레티시아, 아이네가 휴양지에 가기로 했다.

핀이 가는 건 '전이 포털'을 설치할 수 있는 게 핀뿐이니까. 레티시아는 지난번 여행을 못 갔으니까, 그만큼 더 오래 즐길 수 있게. 아이네는 레티시아랑 같이.

나와 세실과 리타, 그리고 이리스와 라필리아는 포털 설치가 끝날 때까지 이르가파에서 대기하기로 했다.

그렇게 이야기를 정리하고, 여행 준비를 시작한 어느 날——

"비가 오네."

"비가 오네요."

"비가 와……."

우리는 거실에서 빗소리를 듣고 있었다.

비는 점심때가 조금 안 됐을 때부터 제대로 쏟아지기 시작했다.

리타와 레티시아, 커틀러스는 장을 보러 나갔다. 이리스가 알고 있는 상인분네 가게니까, 비 정도는 피하게 해주겠지.

이리스와 라필리아는 영주 저택에서 '소개 파티'의 뒤처리를 하고 있다. 저녁 식사 때 온다고 했었지.

집에 있는 사람은 나와 세실, 아이네.

여행할 때 가지고 갈 짐들 정리와 보존식을 준비하는 게 우리가 할 일이다.

"그럼, 슬슬 '건조실'로 가볼까."

"응. 나 군."

"저도 도와드릴게요."

나와 아이네, 세실은 창고로 갔다.

그곳은 저택 안쪽에 있는 방이고, 넓이는 원래 살던 세계 기준으로 3평 정도.

원래는 사용하지 않는 가구들이 들어 있었지만, 기왕 공간이 있으니까 스킬을 시험하는 장소로 사용하기로 했다. 참고로 지금은 아이네의 스킬을 이용해서 '건조실'로 사용하고 있다.

구체적으로 설명하자면 천장 쪽에 튼튼한 줄을 매고, 손질해서 벌려놓은 생선과 밑간을 한 고기를 매달아 놨다. 비가 오는 날에는 여기에 빨래를 널기도 하는데, 오늘은 보존식 재료들이 매달려 있다.

이걸 어떻게 건조하냐면——

"넘치지 않게, 이걸 방 안에…… 영차."

"도와드릴게요. 나기 님."

나와 세실은 복도에 줄지어 세워놨던 철제 그릇을 창고 바닥으로 옮겨놨다.

흔들면 '찰랑' 소리가 난다. 안에는 희석한 흙탕물이 들어 있다.

이걸 일정 간격으로 놓고—— 좋았어, 준비 완료.

"다 됐어, 아이네. 스킬을 발동해줘."

"알았어, 나 군. 그럼——『오수 증가 LV1』!!"

아이네는 그릇에 대걸레를 찔러넣고서 스킬을 발동했다.

슈우우우우우……..

그릇 안에 있는 구정물이 늘어났다.

창고 안에 들어가 보니—— 공기가 바짝 말라 있었다.

'오수 증가'는 청소도구로 더러운 물을 늘릴 수 있다. 늘어나는 물의 재료는 그 구정물과 접촉한 것들과, 주위 공기 속에 있는 수분이다.

그래서 사용하면 방 안의 습도가 내려가서, 매달아 놓은 빨래나 물고기, 고기가 건조되는 것이다.

몇 시간 간격으로 계속 사용하면, 말린 생선과 육포를 만들 수 있는데…….

"어때, 육포가 제대로 만들어질 것 같아?"

"괜찮아. 평범한 방법으로 만드는 것보다 빨라. 나 군 아이디어는 정말 대단해."

아이네는 만들던 중인 재료를 살짝 흔들면서, 웃었다.

"이렇게 하면, 여러 가지로 간을 해볼 수 있어서 재미있어."

"간?"

"매운 건 레티시아와 커틀러스 것. 단맛은 세실이랑 이리스 거야. 나 군은 짠 걸 좋아했지?"

"안쪽 건 완전히 새빨간데…… 저건 뭐야?"

"저건 라필리아 양 거야. 나 군은 절대로 먹으면 안 돼."

아이네는 '절대로'라고 말하는 얼굴로 날 쳐다봤다.

대체 얼마나 매운 건데? 그나저나 매운 걸 엄청 좋아하는 엘프라니, 신선하네…….

"그쪽에 작은 물고기는 이제 내려도 될 것 같아. 너무 딱딱해지면 안 되니까."

"알았어. 발판 가지고 올게."

"저한테 맡기세요!"

뒤를 돌아보니 세실이 나무 상자를 들고서 서 있었다.

"이런 일도 있을 것 같아서 미리 준비했어요."

"준비성 좋은데, 세실."

"나기 님께 도움이 될 기회를 놓칠 수는 없으니까요."

그렇게 말하고, 세실은 상자를 바닥에 내려놨다.

내가 올라가── 려고 했는데, 좀 작네. 이건 세실 전용 같다.

세실은 상자를 하나 더 가지고 오더니, 먼저 내려놓은 상자 위에 올려놨다. 안 부서지는지 안 넘어지는지 확인한 뒤에, 만족했다는 것처럼 고개를 끄덕였다.

"괜찮아요. 이 정도면 저도 물고기에 손이 닿으니까요."

"부탁해도 될까? 세실."

"물론이죠! 저도 일하게 해주세요!"

"알았어. 그럼, 오른쪽 끝에 있는 생선을 내려줄래?"

마치 자기도 도와주고 싶다고 주장하는 여동생과 그런 동생을 지켜보는 언니 같았다.

세실은 이마에 땀을 흘리면서, 아주 진지한 얼굴로.

아이네는 진지한 얼굴로 고개를 끄덕이고는, 매달아 놓은 물고기를 가리켰다.

"그럼, 시작할게요."

세실이 나무 상자에 발을 올렸다.

나는 상자가 움직이지 않게, 두 손으로 꼭 잡아줬다.

탁탁탁, 세실은 나무 상자 위를 뛰어 올라가서, 말린 물고기를 내렸다.

──한 마리, 두 마리…… 그리고, 마지막 세 마리째를 잡았을 때──

삐걱.

"……'삐걱'?"

내 손 있는 데서, 나무 상자의 판자가 하나 빠졌다.

시야 한쪽에서, 아이네가 구정물에 대걸레를 찔러 넣는 모습이 보였다. 마침 '오수 증가'를 발동시키고 있었다. 상자는 그 구정물 통 바로 옆에 있고.

설마, 공기가 너무 말라버린 탓에, 상자의 나무판자가 틀어졌나? 그것도, 이렇게 갑자기?

"어, 어, 으아아?"

상자가 기울어졌다.

뒤꿈치를 있는 대로 들고 있던 세실의 발이, 허공을 디뎠다.

자세가 무너지고, 그대로──

"세실?!"

나는 황급히 세실의 몸을 받아냈다.

세실이 발판으로 삼았던 나무 상자는 깨지고, 기울고, 그대로 떨어졌다.

바닥에 놓아뒀던 그릇이 튀면서 첨벙. 구정물이 내 몸에 튀었다.

"……큰일 날 뻔했네~."

보존식을 만들려다가 크게 다치면 안 되지.

세실이 들고 온 상자는, 원래 판자 이음매가 헐렁했던 것 같다. 이 저택은 오랫동안 사람이 살지 않았으니까, 그런 물건들도 섞여 있겠지.

그리고── 원인이 또 하나.

"아이네 크루넷의 스킬 목록을 표시."

나는 상태창을 열어서 아이네의 스테이터스를 확인했다.

『오수 증가 LV2』

청소도구로 더러워진 물을 증가시킬 수 있는 스킬.

증가율은 레벨+10%(현재 증가율 : 30%).

오수 증가에 필요한 수분은 주위에서 강제로 흡수한다.

레벨이 2가 되면서 효과 범위가 확대. 흡수율도 증가.

어느샌가 아이네의 '오수 증가'가 레벨이 올라가 있었다.

그래서 공기 중의 수분을 빼앗는 힘도 강화되면서, 주위의 공기를 단번에 건조시켜 버렸다. 그래서 낡은 상자도 영향을 받았고, 변형돼버렸다── 그런 얘기겠지.

"나 군…… 세실…… 미안해."

"아이네 때문이 아니야."

"맞아요. 이건 제가 부주의한 탓이에요……."

내 품 안에서, 세실이 말했다.

"…………저 때문에, 나기 님이 구정물 범벅이……."

"신경 쓰지 마. 보존식도 무사하니까."

재빨리 먹거리를 감싼 건, 거지 근성 덕분이다.

이것 때문에 먹거리를 망쳤으면, 세실과 아이네가 더 풀이 죽었을 테니까.

"영차."

나는 세실을 바닥에 내려줬다.

노예복이 조금 젖기는 했지만 다치진 않았다. 다행이다.

"……나기 님."

하지만 세실은 역시나 울먹이는 얼굴로, 나를 똑바로 쳐다봤다.

"책임을 지게 해주실 수, 있을까요?"

"책임?"

"제게 나기 님의 옷 갈아입기와 몸을 깨끗이 씻는 걸, 도와드리게 해주세요."

그러니까…… 세실이 내 몸을 씻어주겠다는, 그런 얘긴가?

그 정도는 혼자서 할 수 있지만…… 세실은 입술을 깨물고서 떨고 있다.

책임을 느끼고 있는 것 같다.

"원래라면 목욕을 하면 좋겠지만, 물이 끓으려면 시간이 걸리니까."

아이네도 굳은 표정으로 고개를 끄덕였다.

"하지만, 몸을 닦는 정도라면, 아까 차를 타려고 끓인 물을 쓰면 돼."

"알겠습니다 아이네 씨. 그걸 쓸게요."

"주인님이 구정물을 뒤집어쓰게 했으니까, 있는 힘껏 열심히 해야 해."

"예. 저, 목숨을 걸고서 나기 님을 구석구석 닦아드릴게요."

아이네의 말에 세실이 힘차게 고개를 끄덕였다.

아니…… 그렇게 거창한 일은 아닌데 말이야.

그냥 옷이 더러워졌을 뿐이잖아. 옷 갈아입고, 내 손으로 몸을 닦으면 그만이거든?

"……내가 혼자서 한다니까……."

"나기 님……."

세실이 고개를 숙이고, 중얼거렸다.

"……부탁드려요. 제게, 실패를 속죄하게 해주세요."

……그런 표정을 지으면, 뭐라고 말을 못 하겠잖아.

어쩔 수 없지. 책임을 느낀다면…… 하게 해주는 쪽이 좋으려나.

"알았어. 그럼 부탁할게, 세실."

"정말 고맙습니다. 나기 님!"

내가 머리를 쓰다듬어 주자, 세실은 기쁘다는 것처럼 웃었다.

"그럼, 아이네는 지금부터 창고를 청소할게."

"알았어. 부탁할게."

"아이네는, 청소를 정말 좋아해."

"응. 알고 있어."

"청소할 때는, 엄청나게 집중해."

"……으, 응."

"무슨 일이 일어나도 안 들리고 알아차리지도 못해."

……어라?

아이네의 눈이, 이상하게 빛난 것 같은데…… 기분 탓이려나.

"그러니까, 열심히 해, 세실!"

"고맙습니다. 아이네 씨."

"이럴 때는 '언니'라고 불러."

"고맙습니다. 언니!"

세실은 가슴에 손을 대고, 아이네한테 꾸벅.

아이네는 부엌에서 더운물이 들어 있는 통을 가지고 와서는 세실에게 건넸다.

그리고는 나한테 손을 내밀었다. 나는 어쩔 수 없이 구정물을 뒤집어쓴 셔츠를 벗어서 아이네한테 건넸다. 바지에도 묻었지만…… 이건 나중에.

"그럼, 방으로 갈까. 세실."

"……나기 님. 저는 잘못을 저질렀어요."

세실은 고개를 젓고, 나를 쳐다봤다.

"그러니까 좀 더 엄한 말로, 꾸짖어 주세요."

"나의 노예 세실 파롯이여. 그 실패를 속죄하기 위하여, 그대의 주인에게 봉사하거라…… 라든지?"

"예!"

세실은 어째선지 볼이 새빨갛게 물들어서, 고개를 깊이 숙였다.

"이 세실 파롯. 주인님의 의복을 더럽힌 죄를 속죄하기 위해, 몸과 마음을 다 바쳐서 봉사하도록 하겠습니다."

"……이렇게 하면, 될까요. 나기 님."

"응. 그러면 돼."

내 등에서, 세실의 작은 손이 위로 아래로 움직이고 있다.

여기는 내 방, 바닥.

세실이 더운물을 적신 천으로 내 등을 씻어주는 중이다.

내 옆에는 더운물이 들어 있는 통이 있다. 그리고 그 옆에는 내 내의(위)와 바지. 또, 세실의 노예복도 놓여 있다. 흙탕물이 나와 세실의 옷에 잔뜩 스며들었다. 이건 나중에 꼼꼼히 빨아야 겠지.

"……왠지…… 메테칼에 있던 시절이 생각나네요."

세실이 조용히, 중얼거렸다.

"나기 님, 제 등을 씻어주셨던 때가요."

"'하얀 매듭 축제'였나."

"예."

내 뒤쪽에서, 세실이 고개를 끄덕이는 기척이 느껴졌다.

아마 '하얀 매듭 축제'는, 주인과 노예의 신뢰를 시험하는 의식이었지.

리타가 동료가 되기 전에, 세실이랑 같이 했었다.

"왠지, 그 뒤로 시간이 많이 지난 것 같아요."

"그 의식은, 결국 실패했지만."

"그건 이제 됐어요. 나기 님은 '혼약' 의식을 해주셨으니까요."

내 등에서 움직이던 세실의 손이, 멈췄다.

"저는 몸도 마음도 나기 님 것이고, 영혼도, 나기 님과 이어져 있어요. 이러고 있으면 알 수 있어요. 제가 나기 님 일부고, 나기님이 건드려 주시기만해도 가득 채워진다는 게……."

"나도, 세실이 있어서 정말 다행이라고, 생각해."

비가 오는 탓에 주위가 묘하게 조용해서.

은근히 쑥스러운 얘기도, 할 수 있을 것 같다는 기분이 든다.

"마족의 잔류 사념── 아슈타르테한테는 정말 감사하고 있어. 세실을 소개해줘서 정말 고맙다고, 말이야. 이젠, 고맙다는 말도 해줄 수 없지만."

"……나기 님."

"……? 세실?"

등에, 부드러운 무언가가 닿았다.

손가락이 아니다. 몽실하고, 따뜻한 것.

"오늘, 저는 실수를 저질렀어요."

"구정물이 조금 묻은 정도잖아? 신경 쓰지 마."

"주인님의 상냥함에 어리광을 부려서는 안 돼요. 그러니…… 봉사하게 해주세요."

세실이 내 가슴 쪽으로 손을 뻗었다.

"제게 있는 것은, 나기 님을 정말 좋아하는 마음과, 영혼과…… 이 몸뿐이에요. 그러니까…… 제 모든 것을…… 나기 님께…… 그러니까…… 그게…………."

두근, 하고 심장이 뛰었다.

그게 내 심장인지 세실 심장인지는 모르겠지만.

알고 있는 건, 몸이 엄청나게 뜨겁다는 것뿐.

"……그러고 보니까, 영주님이 주신다는 보수 얘기는 들었어?"

"예. 이리스 양이 금액까지 알려주셨어요."

"예상보다 많았지."

"아뇨, 나기 님이 하신 일을 생각하면 당연한 금액이에요."

"그런가?"

"그래요."

"응. 그런데 말이야…… 내가 목표로 삼고 있는 저금 금액에는 부족하거든. 그래도…… 말이지."

왠지 쑥스러워서, 나는 어흠, 하고 헛기침을 했다.

"올해 연 수입은, 이미 10,000아르샤를 넘었다고 생각해도 되겠지. 전에 약속한 대로. 내가 세실이랑── 그런 걸 해도 될 정도로── 수입이 안정됐다고…… 말이야."

"나기 님도 참……."

내 등 뒤에서, 세실이 곤란하다는 것처럼 웃었다.

"그렇게까지 신경 쓰지 않으셔도 된다고, 제가, 말씀드렸잖아요."

"어쩔 수 없잖아. 그런 성격이니까."

"저…… 정말 열심히, 나기 님의 '이성을 붕괴'시키려고 했거든요?"

"알고 있어."

"알면서 모른 척하다니, 치사해요."

"왜냐하면, 이미 붕괴하기 직전이거든."

"그럼 얼굴을 보여주세요."

"세실이 먼저 보여준 다음에."

"그럼, 하나 둘 셋 하면 보여주는 걸로 할까요?"

"알았어."

""하나~ 둘.""

빙글.

나는 고개를 돌렸고, 세실은 바닥에 무릎을 꿇고 앉았고——

둘 다 상반신은 알몸인 채로, 얼굴을 마주 봤다. 세실의 얼굴이 새빨개져 있다. 내 얼굴은—— 어쩌려나. 엄청나게 창피한데 말이야, 이거.

"저기."

"……아, 예."

"세실, 괜찮아?"

"아, 옝. 갠차나, 여."

세실은 얼굴은 물론이고 팔다리까지, 눈에 보이는 곳들이 전부 다 새빨개져 있다.

평소 같으면 '푸슈~'하고 쓰러졌을 텐데, 버티고 있다.

날 똑바로 보면서, 심호흡을 하고, 그리고——

"나기 님."

"응. 세실."

"저는, 나기 님의 아이를 갖고 싶어요."

"……응. 나도…… 세실과, 그러고 싶다고, 생각해."

"아, 예. 부탁드릴게요!"

"으, 응. 그럼……."

나는 세실의 어깨에 손을 얹었다. 가늘고, 작다.

왠지 걱정이 되네…… 괜찮으려나, 세실.

"무리다 싶으면 말해줘."

"괘, 괜찮아요."

세실이 가슴 앞에서 음, 하고 주먹을 꼭 쥐었다.

"몸은 작아도, 저, 어엿한 어른이니까요. 무슨 일이 있어도 괜찮아요!"

그렇구나.

……역시 세실은 무리를 할 테고, 힘들어도 참을 것 같다.

그렇다면 세실의 몸을 생각해서, 대책을 마련해두자.

"세실, 잠깐 고개를 들어볼래."

"예. 나기 님——"

나는 천천히, 세실의 얼굴에 내 얼굴을 가까이 가져가면서——
'의식 공유 LV (통상판)'을 발동.

통상판 '의식 공유'는 서로의 사고를 연결할 수 있다.

나는 세실의 사고를 읽어 들일 수 있으니까, 무리하고 있으면 바로 알 수 있다. 이렇게 해서, 최대한 세실에게 안 주게 할 수 있다.

'어라? 어라라라?'

'연결됐어? 세실?'

'이거 '의식공유'인가요? 나기 님.'

'응. 이러면 세실이 무리했을 때 바로 알 수 있잖아? 처음이니까, 세실한테 최대한 부담을 안 주고 싶거든.'

'흐에에에에에에에?!'

세실, 나한테 매달려서는 눈물까지 글썽이고 있다.

이상하네. 나로서는 제일 좋은 방법을 선택한 건데.

'저, 저기저기…… 나기 님.'

'응.'

'제가 무리하면, 나기 님이 아실 수 있는 거죠?'

'응. 그러려고 '의식 공유'를 한 거니까.'

'……그 얘기는, 말이죠.'

세실은 나한테서 눈을 돌리고, 두 손 손끝을 콕콕, 하고 부딪 치면서——

'나기 님이 저한테…… 어떻게 해주시면…… '행복'해지는지 도. 어, 어디를 건드려 주셨으면 하는지도…… 나기 님이 전부 알게 된다는 얘기죠. 제 바깥도, 안쪽도…… 전부…… 다 보인 다는……?'

…………아.

그 생각을 못 했네.

내가 세실을 모니터링한다는 건, 세실한테 '부담이 가지 않는' 것——'세실이 바라는 것'도 '해줬으면 하는 것도' 전부, 내가 알 게 된다는 뜻이고…………

'뭐, 그건 그것대로.'

'흐에에에에에에에엥!! 저, 저는, 어떻게 해야 하는 거죠오 오오오오. 여, 여기서 나기 님께 '관둘래요'라고 말할 수는 없어 요. 왜냐하면, 이건 제가 계속 꿈꿔왔던 일이니까. 마족의 피를 미래에…… 아니, 그건 덤이고, 제 모든 것을 나기 님께 바치길 원했고…… 나기 님의 '이성을 붕괴'시키려고 노력했고…… 아니, 그런 건 됐고…… 저는…… 나기 님께…… 나기 님과………… 나기 님.'

눈을 감고, 심호흡을 하고── 그리고, 날 똑바로 보면서──

"'……괜찮아요…… 제 모든 것은…… 나기 님 것이에요…….'"

얼굴을 새빨갛게 물들였지만, 아주 진지한 얼굴로──

"'──세실 파롯은 소마 나기 님을…… 사랑…… 하니까요.'"

목소리와 말로, 같은 말을 전해줬다.

그렇게, 우리는── 서로의 몸이 어떤 모양인지를 확인했고──

'──────하으. 비, 비가 와서 다행이에요. 어두우니까…… 제…… 가슴…… 커지는 체조 효과가 없었다는 걸 몰라서…… 아니, 생각하면 안 돼요…… 다 들켜요. 나기 님 손가락이── 닿을 때마다── 저── '행복'으로 가득해지는── 것도.'

천천히 시간을 들여서── 몸과── 마력을, 완전히 하나로 이으며──

'응. 아…… 나기 님…… 저…… 녹아버려요. 나기 님을── 원하는 곳── 다 들키고 있어요. 아, 안돼요. 제가…… 나기 님께 봉사…… 해야…… 하는데…….'

어느새, 비가 그쳐 있었고——

'——나기 님…… 저…… 으응. 나기 님…… 저…… 나기 님. 나기 니이임…….'

세실의 말이, 의미를 잃어가고——

'————정말 좋아해요…… 나기 님.'

끝난 뒤에—— 나는 조용히 숨소리를 내면서 잠들어 있는 세실의 머리를 내 무릎 위에 올려놓고—— 은색 머리카락을 쓰다듬고 있었다.

문득 봤더니, 세실의 약손가락—— '혼약' 반지가 있는 곳에, 내 '마력 실'이 연결돼 있었다. 세실의 상태를 모니터링한 탓에, 무의식적으로 이어진 것 같다.

그걸 건드렸더니——

· 일정 시간 이상 『혼약』을 유지—— 조건 클리어.
· 일정 시간 이상 마력적 결합—— 조건 클리어.
· 일정 시간 이상, 서로 완전히 신뢰한 상태에서의 포옹—— 조건 클리어.
· 일정 시간 이상 정신적 연결—— 조건 클리어.

『결혼(結魂/ 스피릿 링크)』이 성립되면서『결혼 스킬』이 각성해 버렸다.

내 앞에 있는 상태창에 메시지가 표시됐다.

세실 파롯
『마력 속성 변경(엘리멘탈 체인저)』
이미 습득한 마법의 속성을『지 · 수 · 화 · 풍』중 하나로 변경할 수 있다.
예를 들어『불의 벽』을『흙의 벽』이나『물의 벽』으로.
『화정 소환』으로 샐러맨더 외에 실프, 운디네를 소환할 수 있다.
사용 횟수, 1일 1회.

소마 나기
『개념 추출(스킬 스톡커)』
대상의 스킬에서『개념』을 하나만 뽑아내서 보존할 수 있다.
(보통 속성이 부족한 스킬은 시간이 지나면 소멸되지만, 이 스킬을 사용하면『개념』만을 소마 나기의 안에 남겨둘 수 있다.)
단, 다른 2개의『개념』은 파기된다.
이 스킬로 추출한『개념』으로 재구축한 스킬은 레벨 저하가 발생하지 않는다.

그 경우에 『개념』의 레벨과 재구축하기 전의 스킬 레벨 중에 높은 쪽으로 재구축된다.

　추출한 『개념』의 보존 가능 개수는 2개까지.

　──그런 변화가, 우리 안에서 일어났는데…….

　"으으…… 저…… 만져주시면 행복해지는 곳…… 전부…… 나기 님한테…… 들켰어요…….."

　"……수고했어, 세실."

　"하지만…… 꿈을…… 이뤘어요. 제 전부를, 나기 님의 것……으로."

　달라붙어서 꾸벅꾸벅 졸고 있는 우리가 그것을 알아차리게 되는 것은── 한참 뒤의 일이다.

제15화 「소녀 세 명의 여행 시작과 『고레벨 치트 스킬』 발동」

며칠 뒤.

아이네, 레티시아, 커틀러스는 휴양지 미슈릴라를 향해서 출발했다.

이르가파 영주 가문에서 마차를 빌려서, 편하게 출발했다.

"음~! 날씨가 좋군요."

"제2회 '사원여행'에 딱 어울리지 말입니다."

"레티시아도 커틀러스도 같이라서, 아이네는 정말 기뻐."

마부석에는 레티시아와 커틀러스가 앉았고, 아이네는 뒤에서 짐을 확인하고 있다.

저택에서 출발한 건 이른 아침.

사이 좋은 치트 노예들과 주인님은 웃는 얼굴로 세 사람을 배웅해줬다.

그 뒤로 몇 시간이 지나서, 마차는 조금씩 흔들리면서 가도를 달려가고 있다.

"……정말이지, 나기 씨도 참. 제가 원하는 것을 아주 정확히 맞히다니……."

레티시아는 자기도 모르게 얼굴이 풀어지려는 것을 필사적으로 참고 있었다.

사이 좋은 친구들과 같이 여행이라니, 생각만 해도 가슴이 두근거린다.

뭘 하면 좋을까. 어떤 얘기를 하면 좋을까. 먼저 아이네와 같이, 3인분 요리를 해볼까…….

"……아, 이러면 안 되죠. 정신을 바짝 차려야지. 아이네가 '치트 스킬'로 나기 씨와 연결돼 있을 테니까, 한 시간마다 연락을……."

"후후후. 음~ 후후후후~."

레티시아가 뒤를 돌아봤더니, 얼굴이 완전히 풀어진 친구(아이네)의 눈이 있었다.

눈을 반짝이면서, 경쾌한 콧노래를 흥얼거리며, 완전히 즐거운 미래를 꿈꾸는 것 같은…….

"저기, 아이네."

"왜에~ 레티시아?"

"왜 그렇게 싱글싱글 웃고 있는 거죠?"

"글쎄~ 왤까~ 아이네는 하나도 싱글싱글 안 하고 있는데~. 혹시 레티시아, 여행 간다고 들떠 있는 거야? 후후후후."

"그 상태인 아이네가 할 말인가요."

말하면서, 레티시아는 옆에 있는 커틀러스를 봤다.

"커틀러스 양은, 뭔가 아시나요?"

"짚이는 건 없지 말입니다. 하지만, 아이네 님, 정말 기뻐 보이시지 말입니다."

"그건…… 아이네가 기뻐할 만한 뭔가가 있었다는 뜻이군요."

레티시아는 턱에 손을 대고서 생각했다.

친구가 기뻐할 일. 자기도 모르게 콧노래까지 부를 일. 그렇다면——

"나기 씨."

움찔.

레티시아가 중얼거렸더니 아이네의 등이 움찔했다.

"왜 그러는 거죠, 아이네."

"아, 아무것도 아니야~."

"나기 씨와 아이네가……."

반응 없음.

"나기 씨와, 리타 양? 아니, 세실 양."

움찔, 움찔, 움찔.

"나기 씨와 세실 양."

움찔, 움찔. 움찔움찔.

"뭐야~ 레티시아~. 아이네 가지고 장난치지 마~!"

"이젠 안 합니다. 이제 다 알았으니까요."

레티시아는 입에 손을 대고서 의미심장한 웃음.

"주인님의 사생활을 알려고 하는 건 좋지 않은 짓이야."

"전 나기 씨의 노예가 아니라 친구입니다만."

레티시아는 아이네를 보면서, 빙긋.

"그리고, 저는 당신의 친구이기도 하고요, 아이네. 그러니까, 당신이 그렇게 기뻐하는 이유는, 짐작이 갑니다."

"아우……."

"나기 씨와 세실 양이 '아주 친한 사이'가 된 거죠? 아이네도 거기에 한몫했고. 그렇죠?"

"아이네도 확신은 없어…… 그냥, 왠지 그럴 것 같다고, 생각했을 뿐이야."

아이네는 뜨거워진 볼에 손을 얹고서, 대답했다.

그리고는 친구 쪽을 보며,

"저기… 레티시아."

"왜 그러죠?"

"레티시아는, 자기는 모르는 것 같지만, 은근히 엉큼한 것 같거든?"

"——예?!"

레티시아의 얼굴이 새빨개졌다.

아까 자기가 한 말의 의미를 깨닫고, 자기도 모르게 머릿속에 그 이미지를 떠올리고 말았다. 그랬더니 갑자기 체온이 급상승. 레티시아는 황급히 자기 볼을 두드려서 머릿속에 떠오른 이지를 몰아냈다.

"그치?"

"오, 오해입니다."

왠지 부끄러워져서, 레티시아는 아이네한테서 시선을 피했다.

"하지만…… 이건 나기 씨한테는 아주 귀중한 한 걸음이군요."

그리고 레티시아에게는 응원해야만 하는 일이기도 했다.

아이네가 바라는 것은 '파티의 언니'가 되는 것이고 '가족들을 돌보는 것'. 거기에는 나기의 자식들을 돌보는 것도 포함된다.

그러기 위해서, 아이네는 나기의 아이들에게 젖을 줄 수 있는 상태가 될 각오도 되어 있다.

……각오라고나 할까, 바람이라고, 레티시아는 그렇게 생각하지만.

"……후후, 재미있어졌군요."

싱글싱글, 웃음이 멈추지 않는다.

그래서 이 파티가 정말 좋아요…… 라고, 레티시아는 마음속으로 중얼거렸다.

귀족 사회의 사교 모임에서 남의 이야기나 주고받는 것보다, 훨씬 좋다. 같이 있기만 해도 즐겁고, 기분 좋고, 따뜻한 기분이든다. 그들과 자신을 만나게 해준 운명과, 자신이 그들을 도와줄 수 있는 입장이라는 사실에 감사하고 싶어질 정도로.

"뭔지는 잘 모르겠지만, 재미있어질 것 같지 말입니다!"

"어머나…… 미안해요. 커틀러스 양."

레티시아는 옆에 앉은 커틀러스를 봤다.

"그러니까, 이 이야기에 대해서는…… 나기 씨 본인에게 물어봐 주시겠어요."

"신경 쓰지 않으셔도 되지 말입니다."

커틀러스가 이를 보이면서 씩 웃었다.

"저는, 모두를 지키는 기사 같은 존재니까, 모두가 즐겁다면 그걸로 좋지 말입니다!"

"좋은 분이네요. 커틀러스 양."

레티시아는 커틀러스와 눈을 마주치고, 웃었다.

어째서 나기 주위에는 이렇게 친구가 되고 싶은 여자들만 모이는 걸까.

이래서 같이 있고 싶어진다. 정말, 곤란한 사람들이야.

"당신과 클로디아 공주님이 반대 입장이었다면 좋았을 텐데."

"그렇게 되면 제가 주공과 같이 있을 수 없게 되니까, 죽어도
싫지 말입니다."

커틀러스는 단호하게 선언했다.

"……후후."

그 반응에, 레티시아가 배를 잡고 웃기 시작했다.

"후후. 하하하하하하."

"왜, 왜 그러시지 말입니다? 레티시아 님."

"미안해요. 당신 이야기를 들었더니, 귀족의 피 때문에 고민
하던 제가 바보 같다는 생각이 들어서……."

레티시아는 웃으면서, 눈에 살짝 고인 눈물을 훔쳤다.

'정말로, 이 사람에게 왕가의 핏줄 따위는 아무것도 아니군요.'

'소중한 것은 주인님과 가족. 그런 것, 정말 좋아요.'

옆에 앉아 있는 소녀의 손을 쥐면서, 레티시아는 고개를 끄덕
였다.

지도를 손에 들고, 마차의 지도를 확인하려고 한 그때——

전방 하늘에, 마법 '라이트' 네 개가 떠 있는 게 보였다.

"레티시아 공! 저건?!"

"마법 '라이트'가 넷. 일렬횡대. 구원을 요청하는 신호입니다!"

레티시아와 커틀러스는 서로 얼굴을 마주 보고, 고개를 끄덕

였다.

"제가 가겠습니다. 아이네는 마차를. 커틀러스 양은……."

"저도 가겠지 말입니다."

커틀러스가 칼을 쥐었다.

"주공께서 그러기 위한 스킬을 주셨지 말입니다. '기사의 마음'이 근질거리면 써도 된다고 하시면서. '조금 실력 좋은 모험자'로 보일 뿐인 스킬이니까, 문제는 없을 것 같지 말입니다."

"새로운 스킬, 인가요?"

"아마…… '4개념'이고 '레벨이 내려가지 않은 스킬'이라는 것 같지 말입니다."

"그렇다면 망설일 필요 없겠군요. 가죠, 커틀러스 양!"

레티시아는 커틀러스와 같이, 가도를 달려가기 시작했다.

가도에서 싸우던 모험자들은 고전하고 있었다.

갑작스런 조우전이라고 해도, 고블린 7마리 정도는 문제없이 싸울 수 있었다.

하지만, 적 중에 고블린의 상위종인 '고블린 로드'가 있었다.

『기히히…… 그그.』

'고블린 로드'는 뿔 달린 투구를 썼고, 고블린 7마리를 지휘하고 있다.

가도에 전개한 고블린들은, 모험자들을 간단히 포위해 버렸다.

모험자들도 방심했던 건 아니지만, '고블린 로드'의 존재까지는 예상하지 못했다.

　"어째서 이런 데 '고블린 로드'가⋯⋯."

　"요즘, 이상한 일투성이잖아!"

　가도에서 고블린에게 포위당한 모험자들은, 이를 악물면서 소리쳤다.

　『기기기!』

　"온다! 마법사 중심으로 원형 진형! 구원이 올 때까지 버텨!"

　모험자 파티는 전위 4명, 후위 2명으로 구성된 6인조.

　상대하는 고블린은 로드까지 포함해서 8마리. 로드는 세 명이 동시에 상대해야 당해낼 수 있다. 상대는 움직임이 빠르다. 이쪽이 한 번 공격할 때마다, 그 두 배나 되는 횟수로 공격을 해왔다.

　"제발⋯⋯ 가까이에 누군가 있어 줬으면. 몇 사람만이라도 좋으니까, 구원을!"

　"왔습니다. 안녕하십니까."

　갑자기, 목소리가 들려왔다.

　여유가 있는 사람들이 그쪽을 봤다. 지금 막 마법을 발사한 후위, 이쪽을 포위하려고 하던 고블린, 전투에 집중하고 있던 사람을 제외한 모두가. 자기도 모르게 정중하게 인사하고 있었다.

　거기 있는 사람은 칼과 방패를 든, 파란 머리카락의 소녀였다.

　"에잇."

　전투 구역으로 뛰어들어온 소녀는 그대로, 방패로 고블린을 때렸다.

그랬더니 고블린의 몸이 경직됐고——

빙글빙글빙글빙글빙글빙글——.

주위에 있던 고블린들까지 끌어들이면서, 팽이처럼 돌기 시작했다.
순간, 모험자와 고블린들의 움직임이 멈췄다. 그 틈에——

"——스킬—— 발동이지 말입니다!!"
큰 소리로 선언하는 동시에, 은색 빛이, 고블린 무리 사이를 달려나갔다.

『그가!』『기샤.』『그보아아』『그가아아!!』『……그고.』

비명 소리가 나고, 고블린들이 땅바닥에 쓰러졌다.
전투 구역에 뛰어들어온 또 한 사람의 소녀가, 고블린 다섯 마리를 베어버렸기 때문이다.
쓰러진 고블린들 중심에 서 있는 사람은 회색 머리카락의 소녀다. 가슴에는 그을린 브레스트 플레이트. 손에 들고 있는 무기는 숏 소드. 체격이 작고, 실력이 있어 보이지는 않는다. 대체 무슨 일이——
"아, 아무리 그래도 너무 심했어요!"
"죄, 죄송하지 말입니다!"

파란 머리카락의 귀족처럼 보이는 소녀의 말에, 회색 머리카락의 소녀가 큰 소리로 대답했다.

"저도 깜짝 놀랐지 말입니다. 설마 '바꿔 써도 레벨이 내려가지 않는 스킬'이…… 이 정도일 줄은."

소녀는 믿을 수 없는 뭔가를 보는 눈으로 쓰러진 고블린들을 둘러봤다.

"우연이지 말입니다! 우와~ 타이밍이라는 게 정말 무섭지 말입니다!! 우연히, '난타' 스킬이 전부 제대로 맞았지 말입니다!!"

"……'난타'?"

모험자 중에 한 사람이 중얼거렸다.

'난타'는 칼을 이용해서 닥치는 대로 베는 스킬이다. 공격 횟수는 늘어나지만, 그만큼 명중률은 상당히 떨어진다. 이렇게 순식간에, 고블린을 무력화시킬 수 있을 리가 없는데…….

"자, 여러분. 자잘한 일은 신경 쓰지 마시지 말입니다. 다 같이 남은 적을 쓰러트리지 말입니다!"

"이분 말씀이 맞습니다! 여러분도 같이, 하나 둘!"

"""""그, 그래!!"""""

모험자들이 무기를 쥐었다.

『기에? 왜, 왜애애애애애애애?!!』

전세 역전. '고블린 로드'가 비명을 질렀다.

남은 고블린들은 순식간에 쓰러졌고——

집단에 포위당한 '고블린 로드'도, 허무하게 목숨을 잃었다.

"……역시 주공께서 주신 '각성 난타' LV5지 말입니다……."

커틀러스는 칼을 쥔 채, 거칠게 숨을 쉬었다.

스킬을 발동한 시간은 고작해야 십여 초 정도.

하지만 커틀러스한테는 그 수십 배는 사용한 것 같은 기분이었다.

"저와 핀, 둘이서 하나의 스킬이지 말입니다, 이건……."

'그러게…… **우리**가 아니면 절대로 못 다룰 거야.'

커틀러스의 머릿속에서 '또 한 사람의 자신(핀)'의 목소리가 들려왔다.

'우리를 이 스킬 사용자로 선택하다니, 역시 주공은 대단해.'

"정말이지 말입니다."

'주공은, 커틀러스에 대해서 구석구석까지 다 알고 있으니까.'

"그, 그 표현은 좀 야하지 말입니다! 핀."

그렇게 대답하면서, 커틀러스는 십여 분 전에 있었던 일을 생각하고 있었다——

——레티시아와 커틀러스가 전투에 참여하기 조금 전——

"제가 사람들의 관심을 돌리겠습니다. 그 사이에 커틀러스 양이 적을 베어버리는…… 그런 작전이면 되겠죠?"

"되지 말입니다."

가도를 달려가면서, 커틀러스가 고개를 끄덕였다.

"주공께서 주신 새 스킬은, 혼자서 다수를 상대하기 위한 것이지 말입니다."

"무리하면 안 됩니다?"

"굳이 적을 전부 쓰러트릴 필요는 없지 말입니다? 공격당한 모험자는, 아직 싸우고 있지 말입니다. 저는 적의 숫자를 줄이거나 전투 능력만 빼앗으면 되지 말입니다."

그렇게 말하면서, 커틀러스는 자기 안에 있는 스킬을 확인했다.

'주공께서 주신 새 스킬이라면, 그게 가능하지 말입니다.'

그저께까지 거기에 있던 것은, 아주 평범한 '난타'였다.

『난타 LV5』

『칼』로『닥치는 대로』『베는』스킬

초보자를 위한 다단 공격 스킬.

칼을 휘두르는 횟수를 늘릴 수 있다. 단, 그만큼 명중률이 감소한다.

공격 횟수는 레벨 -1.

이 스킬을 나기가 '4개념 치트 스킬'로 바꿔줬다.

재료로 사용한 것은 『명상』LV1이다. 이것은 이투르나 교단이 새로 들어온 단원에게 주는 스킬이고, 상당히 싼 것이다. 상점에서도 팔고 있기 때문에 실험에 사용하기에도 딱 좋았다고 했다.

『명상 LV1』
『침묵』으로 『오감』에 『눈뜨는』 스킬

나기는 이 스킬에서 '눈뜨는' 부분만 추출해서 '4개념 치트 스킬'을 만들어줬다. '개념 추출(스킬 스톡커)'를 사용했기 때문에 재구축해도 레벨이 내려가지 않는다…… 그렇게 설명했지만, '재구축' 중인 커틀러스는 설명을 듣고 있을 여유가 없었다.

"만드는 동안…… 상당히 창피한 소리를 냈지 말입니다……."

생각만 해도 얼굴이 새빨개졌다.

'주공'께 도움이 되고 싶다는 생각에 견뎌내기는 했지만, 스킬을 조작할 때마다, 자신이 점점 '여자아이' 쪽으로 가까워져 가고 있다는 걸 알 수 있다. 그건 기쁜 일이기는 하지만, 왠지, 정말 창피한 일이라는 생각도 들었다.

그건 그렇다 치고, 새로 생긴 스킬은——

『각성 난타 LV5』(USR+)(울트라 슈퍼 레어 플러스)
(4개념 치트 스킬. 추출 개념 적용)

『칼』로 『닥치는 대로』『눈뜨고』『베는』 스킬

칼을 센서로 삼아서, 주위의 상황을 파악하면서 정확한 다단 공격이 가능하다.

적의 움직임, 지면의 감촉, 공기 흐름── 주위에 넘쳐나는 모든 정보에 『눈뜰』 수 있다.

명중률 상승 효과. 크리티컬 상승 효과. 레벨 만큼, 공격 횟수도 상승.

어떤 이유 때문에, 발동 시간과 회수에 제한이 따른다.

그 스킬을 믿고, 커틀러스는 전투 구역으로 돌입했는데──

"발동이지 말입니다! 『각성 난타 LV5』!"

두근.

"────아."

스킬을 사용한 순간, 커틀러스 안에 정보가 잔뜩 흘러들어왔다.

싸우고 있는 모험자들의 모습, 휘두르는 칼의 위치와 소리.

마물의 숫자. 위치. 움직임. 안구 움직임. 팔이 바람을 가르는 소리까지.

게다가 땅의 단단한 정도와 거기에 자라난 풀의 숫자. 주변 정부 대부분이──

"주공이…… 주의를 주신 대로지 말입니다…… 이건…….."

흘러들어온 것은, 생각했던 것보다 엄청나게 많은 정보였다.

"일어나 주시지 말입니다, 핀! '정보 필터링'을!!"

정보에 압도당하려는 걸 간신히 견디며, 커틀러스가 소리쳤다.

어째서 나기가 이 스킬을 만들었는지── 그것은, 커틀러스에게는 '정보 처리를 담당해줄 동료'가 있기 때문이었다.

'이미 깨어 있었어요. 맡겨만 주세요! 커틀러스!!'

가슴속에서, 핀의 목소리가 들려왔다.

동시에 커틀러스의 머릿속이 슥, 하고 개운해졌다.

'나는 당신. 당신에 대해서는 잘 알고 있어요. 필요한 정보만 보낼게요. 커틀러스.'

"고맙지 말입니다. 핀."

커틀러스는 모든 것을 알 수 있었다. 적의 세세한 움직임. 아군이 지금부터 어떻게 움직일지.

마치 미래를 예지하는 것 같았다.

지금, 레티시아의 '강제 예절(매너 기아스)'가 발동했다. 커틀러스는 가도의 상황을 알고 있다. 모험자들이, 고블린에게 포위 당해 있는 걸 **느꼈다.**

'──기.'

공격 범위에 들어온 고블린이 입을 벌렸다. 소리를 내기 전에, 커틀러스의 칼이 고블린의 팔을 갈라버렸다.

커틀러스의 움직임이, 특별히 빠른 것도 아니다.

그저, 군더더기가 없다. 하나도 없다. 최적화되어 있다.

"────에잇!"

숏 소드 칼끝이, 고블린의 팔꿈치 안쪽을 갈랐다. 굵은 혈관을 잘랐다.

마치 시간이 멈춰버린 것 같은 감각.

최적화된 움직임을 이용해서, 커틀러스는 다음 적을 향해 이동했다. 핀이 정보를 분석. 적의 행동을 예측해준다. 커틀러스는 거기에 따라서, 적의 뒤꿈치를 벴다. 다음엔 손목. 팔.

부하 고블린의 움직임은 '각성 난타 LV5'를 통해서, 핀이 완전히 파악하고 있다. 커틀러스는 움직임의 흐름을 막기만 하면 된다. 고블린들의 전투력을 빼앗는다. 팔다리를 벤다. 자른다.

'이거, 레벨만큼 연속 공격이 가능하다고 하셨지 말입니다.'

게다가 정밀도까지 높아졌다.

"에잇!"

5회 공격이 전부 노린 대로 크리티컬.

『기이야아아아아아아아아아아――.』

고블린들의 절규가 터져 나왔다.

그리고 커틀러스와 핀의 공동 공격(콤비네이션 어택)은, 수십 초 만에 고블린을 무력화시켰다.

"무시무시하군요. 고레벨 '치트 스킬'은……."

옆으로 다가온 레티시아가 질렸다는 것처럼 중얼거렸다.

"그렇지, 말입니다………… 흐아암."

커틀러스가 손으로 입을 가렸다.

'각성 난타 LV5'의 약점은 체력을 많이 소모하는 것. 그리고,

잠이 온다는 것이다.

커틀러스와 핀, 두 사람분의 인격을 최대한 가동해야 하기 때문에, 뇌가 상당히 피곤해진다.

"자기 전에, 기사단 후보였던 사람답게, 부상자를 치료해야 하지, 말입니다."

"중요한 대사를 말하는 것도, 잊으면 안 되겠죠."

커틀러스와 레티시아는 서로 마주 보며 고개를 끄덕이고, 다친 모험자들 쪽으로 갔다.

그들의 상처는 별 것 아니었다. 구원이 빨리 와준 덕분이다. 하지만, 전부 얼굴이 새파래져 있다. 레티시아와 커틀러스의 스킬을 보고 두려워하는── 건 아닌 것 같다. 다 같이 이마를 맞대고, 수군거리기 시작했다.

"다, 당신들은 대체……."

모험자들은 새파랗게 질린 채로, 레티시아와 커틀러스를 보고 있다.

그리고, 하나~ 둘, 신호를 하고──

"미, 믿을 수가 없지 말입니다! 저한테 이런 힘이 있다니~!"

"혹시 이게, '항구도시 이르가파'에 내려졌다고 하는 '천룡의 가호'의 힘?"

""'항구도시를 공격한 못된 자에게 벌을 내렸다고 하는, '천룡 브란샤르카'의──?!'""

억양이라고는 없는, 교과서 읽는 것 같은 대사였다. 연기력이라는 게, 애당초 존재하지를 않는다.

커틀러스는 연기하는 게 익숙치 않았다. 레티시아는 부끄럼이 많고.

그래도, 마물의 습격을 받아서 동요한 상태인 모험자들에게는 충분히 설득력이 있었는지──

"서, 설마! 그런 일이?!"

"천룡의 가호가, 해룡이 지키는 항구도시에 내려졌다고?!"

"그것 때문에 사람이 강해질 수도 있는 건가?! 우리도, 이르가파로 가야겠다!"

그렇게 해서, 소문은 여행하는 모험자들의 입을 타고 퍼져나갔고──

나기가 계획한 대로, '항구도시 이르가파'는 '적으로 삼아서는 안 되는 도시'라는 칭호를 얻게 됐다.

작가 후기

오랜만에 뵙습니다. 센게츠 사카키입니다.

『이세계에서 스킬을 해체했더니 치트급 아내가 증식했습니다 』
8권을 구입해주셔서 정말 감사합니다.

덕분에『치트 아내』도 8권까지 왔습니다. 이만큼 계속할 수 있
었던 건, 전부 응원해 주는 독자 여러분 덕분입니다. 앞으로 재미
있게 즐기실 수 있는 이야기를 쓰고 싶습니다. 잘 부탁드립니다.

이번 이야기는 항구도시 이르가파가 무대입니다.

잠깐 이탈했던 레티시아도 돌아와서, 풀 멤버로 사건과 맞섭
니다.

축제로 떠들썩한 항구도시를 덮친, 새로운 적이란——?

'차기 영주 소개 파티'에 찾아온, 공주님의 목적은——?

그리고, 약속에 이끌린 주인공과 치트 아내들의 관계는, 새로
운 단계로.

——꼭, 읽고 확인해 주세요.

공지사항입니다.

이 소설 8권과 동시에,『치트 아내』만화 3권이 일본에서 발매
됐습니다.

만화판은 소설 2권 전반의 이야기입니다. 나기와 아이네와 레
티시아의 만남과, 나기와 세실과 리타의 첫 퀘스트. 그리고 오

리지널 새 캐릭터도 추가된 만화판을, 소설과 같이, 꼭, 즐겨주세요!

그럼, 마지막으로 감사 인사입니다.

서적판 『치트 아내』를 읽어주고 계시는 여러분, 항상 인터넷 연재판을 응원해 주시는 여러분, 정말 감사합니다. 덕분에 이 이야기도 8권까지 왔습니다. 앞으로도 계속되니까, 부디 앞으로도 잘 부탁드리겠습니다!

일러스트 담당 토자이 님. 이번에도 멋진 일러스트를 그려주셔서 정말 감사합니다! 다시 등장한 레티시아를 매력적으로 그려주셔서 정말 기쁩니다. 담당 편집자 K 님, 이번에도 신세 많이 졌습니다. 덕분에 연말 진행을 클리어할 수 있었습니다.

그리고 이 책을 구입해주신 독자 여러분께도, 최대급의 감사를.

이 이야기가 마음에 드셨다면, 다음 권에서 또 뵙겠습니다.

센게츠 사카키

ISEKAI DE SKILL WO KAITAI SHITARA CHEAT NA YOME GA ZOUSHOKU
SHIMASHITA
Vol.08 GAINENKOUSA NO STRUCTURE
©Sakaki Sengetsu, Touzai 2019
First published in Japan in 2019 by KADOKAWA CORPORATION, Tokyo.
Korean translation rights arranged with KADOKAWA CORPORATION, Tokyo.

이세계에서 스킬을 해체했더니 치트급 아내가 증식했습니다 8

2023년 10월 01일 1판 1쇄 발행

저 자	센게츠 사카키
일 러 스 트	토자이
옮 긴 이	김정규
발 행 인	유재옥
본 부 장	조병권
담 당 편 집	정지원
편 집 1 팀	김준균 김혜연
편 집 2 팀	정영길 조찬희 박치우 정지원
편 집 3 팀	오준영 이해빈 이소의
편 집 4 팀	전태영 박소연
디 자 인	김보라 박민솔
라 이 츠	김정미 맹미영 이윤서
디 지 털	박상섭 김지연 윤희진
발 행 처	(주)소미미디어
등 록	제2015-000008호
주 소	서울시 마포구 토정로 222, 403호(신수동, 한국출판콘텐츠센터)
판 매	㈜소미미디어
제 작 처	코리아피앤피
영 업	박종욱
마 케 팅	최원석 박수진 최정연
물 류	허석용 백철기
전 화	편집부 (070)4164-3962, 3963 기획실 (02)567-3388
	판매 및 마케팅 (070)4165-6888 Fax (02)322-7665

ISBN 979-11-384-7992-9 (04830)
ISBN 979-11-6190-566-2 (세트)